1999

桐山獎獎杯

1999年10月24日和桐山獎負責人座談（如何推展該獎）

鄭清文短篇小說選

麥田小說 11

鄭清文短篇小說選

作　　者　鄭清文
責任編輯　林秀梅

版　　權　吳玲緯　蔡傳宜
行　　銷　艾青荷　蘇莞婷
業　　務　李再星　陳玫潾　陳美燕　馮逸華
副總編輯　林秀梅
編輯總監　劉麗真
總 經 理　陳逸瑛
發 行 人　涂玉雲

出　　版　麥田出版
104台北市民生東路二段141號5樓
電話：(886)2-2500-7696　傳真：(886)2-2500-1967
發　　行　英屬蓋曼群島商家庭傳媒股份有限公司城邦分公司
104台北市民生東路二段141號11樓
書虫客服服務專線：(886)2-2500-7718、2500-7719
24小時傳真服務：(886)2-2500-1990、2500-1991
服務時間：週一至週五09:30-12:00・13:30-17:00
郵撥帳號：19863813　戶名：書虫股份有限公司
讀者服務信箱E-mail：service@readingclub.com.tw
麥田部落格：http://ryefield.pixnet.net/blog
麥田出版Facebook：https://www.facebook.com/RyeField.Cite/

香港發行所　城邦（香港）出版集團有限公司
香港灣仔駱克道193號東超商業中心1樓
電話：(852) 2508-6231　傳真：(852) 2578-9337
E-mail：hkcite@biznetvigator.com

馬新發行所　城邦（馬新）出版集團【Cite(M) Sdn. Bhd. (458372U)】
41, Jalan Radin Anum, Bandar Baru Sri Petaling,
57000 Kuala Lumpur, Malaysia.
電話：(603)9057-8822
傳真：(603)9057-6622
E-mail：cite@cite.com.my

印　　刷　一展彩色製版有限公司

初版一刷　1999年12月

定價／250元
ISBN：957-708-926-7

〈序〉

桐山環太平洋書卷獎和《三腳馬》

我的短篇小說集英譯本《三腳馬》，能得「桐山環太平洋書卷獎」(Kiriyama Pacific Rim Book Prize)，是完全沒有預料到的。

原先，這本書能由哥倫比亞大學出版部出版，台大齊邦媛教授，哥大王德威教授，都曾經盡了最大的力。

九月中旬，突然接到哥大出版部，透過王教授、齊教授，輾轉傳來了一個消息：《三腳馬》已入圍「桐山獎」決選名單。這個獎分小說獎和非小說獎，入圍者分別是三人和四人。

從哥大出版部來函的措辭，也可以看出他們的喜悅。他們要我補充一些資料，也打聽我的健康情形是否容許我前往舊金山參加得獎人的宣布和頒獎的會。

齊教授鼓勵我參加，並希望太太也一起前往。後來，王教授也傳來哥大願意負擔機票的消息。

我們十月二十一日出發。二十二日晚間，他們招待候選人，二人缺席，只有五人參加。他們一再稱讚《三腳馬》譯文的流暢和優美。我說這一本書是由十一位不同的人翻譯出來的，他們更是大吃一驚。

得獎人是在金門公園裏的亞洲美術館宣布的。他們是採用演奏會的方式。

十月二十三日上午十點，演奏會由名主持人湯姆森(Sedge Thomson)帶領一個四人演唱團開始表演。湯姆森先介紹節目內容。在演唱中間，由湯姆森親自訪問五位候選人，每人九分鐘，未出席的二位，由評審人代答，這個節目是透過「西岸現場直播」，向全球廣播的。

十一點四十五分，在布滿樂器和電線的舞台上，由二位主審交叉宣布二位得獎人。整個節目的氣氛，輕鬆愉快，參加的人不但不必穿燕尾服，還有人是穿了牛仔褲。

午宴設在岩崖餐屋(Cliff House)，是名副其實，在太平洋邊緣上(Pacific Rim)。獎杯是水晶碗公，也可能有意象徵太平洋盆地(Pacific Basin)。

「桐山獎」，雖然創設不久，基金會的人正不斷努力，想從各方面推展，提升它的地位。

桐山獎於一九九六年第一屆頒獎。基金會向美、加各大出版社邀請推薦作品。開始，只期待三十本，結果超過了一百本。以後逐年增加，今年第四屆，推薦參加書籍已達二百八十三本。

目前，所推薦作品只限英文，創作和翻譯都接受。我的《三腳馬》便是翻譯作品，和我同時入圍的日本作家作品，也是翻譯。因爲該獎創辦未久，基金會只能先行邀請大型出版社推薦，將來也要推展到中小型出版社。

基金會爲了推薦這個獎，也做了一些活動。他們定期在刊物上介紹推薦、入選或得獎作品。另外也邀請入選者或得獎人參加文學活動。我也被邀請，明年六月新加坡舉行的國際書展時，前往參加推展活動。

他們的近期目標是，將來獎的水準至少提升到英國「布克獎」(Booker Award)或美國「全國書獎」(National Book Award)的水準。

我這次得獎，最高興的是評選的方式，由基金會直接邀請出版社推薦好書參加。像哥大出版部只負責推薦，一直到最後才知道我的書已入圍。

這個獎是日本宗教家，阿含宗的創始人，桐山靖雄於一九九三年創設。

今年的候選人，看來比較平凡。不過，去年的卻很有來頭。有一位候選人，二十年前因報導越戰而得了普立茲獎。今年，他再寫書報導柬埔寨的大屠殺。另一位是居美中國作家，本獎推薦入選作品曾得前一年度的「奧克納文學獎」。還有一位，應是日裔加拿大人，同書也曾得「大英國協新人獎」。

所謂環太平洋地區是和大西洋歐美文明國相對而稱的：包括東北亞，如日、韓、中、台、俄等；東南亞，主要是東協各國，印度除外；南太平洋地區，有紐、澳及散布南太平洋上的許多島國；南北美洲，包含加、美及中南美太平洋沿岸各國。

在過去四屆，推薦參加作品主要來自美、加、紐、澳，尤其是美國。本屆入選作品七本，有五本是紐約出版，一本舊金山，另一本是加拿大多倫多。不過，從作者的成分來看，有不少是亞洲人，或亞裔美、加人。由此，也可以看出近年來，亞洲人或亞裔人的文學正急速抬頭，這是十年前，或十五年前，所無法想像的。比如，這一屆入選七位名單中，日本人一、台灣人一，越裔美國人二，而四屆五位得獎人中，二人是美國人，一是日裔、一是越裔，還有我是來自台灣。由此可見亞洲人或亞裔人在國際文壇的活躍情形。

環太平洋中心，以及桐山獎的設立宗旨，都強調如何增進太平洋地區的國家和人民的理解與和諧。這也意味著有意步出以環繞大西洋的歐美文化爲重心的傳統。

環太平洋地區，包括很廣，設這個獎的目的是，要讓這個地方的人，將不同的經驗表達出來。也就是說，將不同的聲音，穿過國界，傳達出來。

實際上，基金會面臨的困難是，地區太大，好作品太多，名額太少。因此，評審的標準是，很重視作品的地方特色，但更重視寫作的品質。

我的小說，不管是題材，或篇幅，都較小，不像其他的作品，處理南京大屠殺、越戰、文化大革命、或柬埔寨的滅種大屠殺等大時代、大場面的大題材。

那天，兩位主審交互宣布得獎人時，我的心情相當平靜。我的作品已在那裏，有的是四十年前的作品。作品就在那裏，得獎就好像吃午餐時，餐是固定，桌上卻多了一朵花。

他們問我得獎感言，我說希望台灣有更多的人從事文學創作，也有更多的人讀文學作品。這也符合「桐山獎」推廣好書，推廣好書給美國及其他的人閱讀的宗旨。

評審員給我作品的評語是：「兼顧地方特色，以及人類的共同性主題。這本書也爲英語圈的人鮮活畫出了台灣。」

更早，《三腳馬》剛在美國出版時，就有幾篇英文書評肯定我的作品，包括《紐約時報》、《聖地亞哥聯合論壇報》，香港《南華早報》及一些獨立書評。他們都表示，歡迎我有更多的作品譯成英文。

《三腳馬》能得獎，是因爲有人翻譯，有人出版。齊邦媛教授大力推展中書英譯，王德威教授力洽哥大出版，以及十一位優異譯者，才是本書得獎功臣。我很感激他們。

麥田有意將《三腳馬》英譯作品的各篇中文排印在一起出書。實際上，這不是新書。

〈漁家〉是四十年前的作品，〈水上組曲〉也有三十五年。〈水〉是第一篇譯成英文的作品，也已二十五年了。

英譯作品當中，有一篇〈校園裏的椰子樹〉，因著作權無法收錄，不得已用〈姨太太生活的一天〉代替。這一篇是鄭永康先生的新譯，獲第十屆「梁實秋文學獎」中文英譯獎。鄭先生也是《三腳馬》十一位譯者中的一位。

麥田剛出我的《短篇小說全集》，現在又爲配合「桐山獎」推動好書給人讀的宗旨，印行本集。特別感謝他們。

目次

鄭清文短篇小說選

水上組曲

一

他站在船尾，用力撐著竹竿，船划開了平靜的水面。他是舊鎮最好的船夫。對岸是沙灘，他用沙築成了一條長長的沙岬，伸出水裏，用以停靠渡船。一個人站在沙岬上。他用力再撐了一下，肩膀上的肌肉在顫動，船已在河中央了。這麼寬的河面，也只有他能夠撐十下就把船渡過。

這幾年來舊鎮的龍船隊靠了他把舵，才能一連得了三次冠軍，把那大銀杯永遠據有了。

他把竹竿抽了起來，水沿著竹竿流下，滴下晶亮的水珠。竹竿的末端還挾著些黑沙，在水裏劃了一道黑帶，漸漸沉下。他肩胛上、手臂上的肌肉都在律動著。他可以感覺到。

天還沒大亮，船劃破平靜的河面滑進。前面是沙灘，背後是堤岸。

舊鎮是一個古老的城鎮，長長的，有人把它形容爲女人的纏腳布，既臭又長。長是事實，但一點也不臭，只是老，老得像一塊長滿綠苔的巨岩。在這裏，要找一幢兩層樓都不容易。這裏，有的是古老的廟，全鎮最魁偉，最堂皇的建築物，也就是那些廟，那些古老的廟。

舊鎮是一個長長的城鎮，沿著大水河延伸。聽說，古時候，有一條街，後來被水沖坍了，一條街，完整地，被割進水裏，慢慢地你可以感覺到，但卻不能避免。

很久很久以前了，從福州、汕頭、廈門來的帆船，可以直駛到舊鎮媽祖廟直對下去的河邊。那些龐大的，裝滿著奇貨的帆船可直駛到舊鎮的河邊，在那裏裝卸貨物。舊鎮就自然地變成了一個市集。當時，聽說舊鎮是全台灣屈指可數的商埠。

那一條古老的大街，已一大半被刮進河裏了。所剩下來的只有較不重要的一半。那一半還是那麼地舊，還是那麼地老，好像不願意改變一下，也好像不可能。

他用力再撐了一下。整個河面淡淡地罩著水煙，輕輕地挪動著。水並不深，只是河底高低不平。船向沙岬撞了過去，微側著船身擦過，船頭微微抬起。那個人上了船。他把船往後撐了一下，掉轉了船頭。

他習慣地望著河堤上的石階。半個小時以前，那煙囪已冒過煙了。那古老的，微微彎曲的煙囪。他沒有戴錶，但他知道那個煙囪已在半個鐘頭之前冒過了煙。他在這河上，望著河堤上那煙囪，已有五年以上的經驗了。半個鐘頭，他是不會錯的。

他望著那石階，那古老的花崗石的石階，有幾級已被水沖走了，用水泥補過。四周長滿著蔓草。

她今天會穿什麼衣服，和昨天的一樣，還是和前天的一樣呢？他還記得清楚，前天是穿白的，昨天是穿淡藍色的。今天大概還不會換吧。

她果然又穿著那淡藍色的布衣，白色的布裙，沒有錯，那是她，他只需用眼角一瞟，就知道那是她。他總是用眼角輕瞟著她的。

他用力撐著，船猛撞過去，那人往前踉蹌了一下。他只覺得太近了，無法多用一點力。他是全鎮最好的船夫。

他俯身把錢撿了起來。就是在他俯身撿錢的時候，他也知道她在下著石階，一手挽著籃子，一手提著木屐。是的，她下石階的時候，總是把木屐脫下，拿在手裏。他覺得她的裙子在輕盪著。他沒看錯。他明明知道她不會看他，像他偷看她一般。但在他背著她的時候，他總覺得她的視線就在注視著他。

她已到河邊了，把裙子輕輕撩起，輕輕盈盈的蹲下。水輕輕地漾起，水聲輕輕地響著。肥皀的泡沫慢慢流了過來。然後，她揮起擣杆，那聲音響徹了河面，然後，又是一聲輕輕的水聲。

他還記得，有一次，她在洗衣服的時候，忽然，有一件給水流走了，她嬌叫一聲，站了起來。她就站在現在蹲著的地方，他坐在靠岸的地方。他拿起竹竿，把那件衣服撈起來給她。他還記得，她低著頭，紅著臉，笑了一下，只是微微地笑了一下，沒有一聲謝謝，只是紅著臉，伸手過來接了。

另外，還有一次，她自己下了水，把衣服撈起，那時，他也在這個地方，她沒有叫，但也是紅著臉，等她上岸，裙子已濕了一半。以後，她再也沒有失過手。

她是不是討厭他老是把船靠在這邊？

「渡船！」

對岸又有人在喊他。他蹬著腳尖，用力往後一撐，向後退了一步，再蹲下去。船像箭一般向河心射出，他的肌肉在抽動，那寬闊的肩膀，那結實的「腳後肚」。

水霧已漸漸消散，東方已染成淡淡的橙黃色。他覺得她在往後退，漸漸地。她快洗好了吧！不知有多少次了，就在他背向著她之間，她悄悄地走了。

他把船轉過來，她的身影漸漸地迫近他。她蹲在水邊，兩手急速地動著。水以她爲中心，不停地盪出同心圓，一直追著過來。船輕輕地滑進。他瞟了她一下，用力一撐，一站一蹲。他的視線從她頭上望過，沿著石階慢慢地望上去，那是一幢古老的房子。曾有一天，在那古老的門檻上，掛起過紅色的綵布，但下一天，她又在那石階出現了。他還記得那件事，他一直記著，好像在昨天發生過一般。

二

在舊鎮國校的禮堂上，台下已擠滿著學生、老師和家長。台上，依序排著那些鎮上的顯要。有省議員，有分局長，有鎮長，也有幾位富紳。鎮上任何集會總少不了這些人。

他也坐在上座。他揀了一件最好的衣服，爲了這個日子，他還特地買了一雙白膠鞋。但和旁人比較起來，總是自覺得寒酸，不免有點畏縮起來。

自從他撐了渡船以後，他就很少到鎮上來，有時候出來看場戲，他也只坐在後面。但，今天，他是主角，在左邊胸前，還有人替他別了個圓圓的，帶有尾巴的，紅框的花籤。上面寫著他的姓名。

小學生們坐在下面，伸出長頸在望著他。老師們在旁邊維持著秩序，看學生一動，就趕快過去，使手勢，要他們把脖子縮短。

一個很熱的下午，他坐在船尾打盹。幾個小學生在河裏涉水。

「不要下水！」

他曾經警告過他們，因為有人在河裏採沙，河底高低不平，鬆實不一。

「不要下去！」

但孩子們只是不理他。他揮了竹竿趕了他們，他們跑開了。天氣只是熱，太陽照在他那寬闊的黑褐色的肩膀，在發亮。河水慢慢的流著，他把竹笠拉低，在船尾打起盹來。

不知經過多久了，他聽到有人喊著：「喂，渡船的！」

他睜眼望著對岸，乾熱的沙灘上熱氣在嬝嬝上升。沙灘上並沒有人，河邊也沒有人。是他聽錯了，不會的，因為職業上的關係，他什麼時候都可以睡，什麼時候都可以醒。他的耳朵是不會錯的。

「喂！快來呀！」這時候，他才注意到聲音是從這邊岸上傳過來的。他往上游一看，有一個人在堤上向他招手。

「快！有人快沉下去了，快！」

往岸上一躍，向上游奔了過去。水並不很深，兩個小孩子在水裏沉沉浮浮，離岸很近，他涉水過去。把他們一個一個拉了上來。

「還有一個！」

一個小孩躲在樹後喊著，其他的大概都跑了，只剩這一個。

「什麼地方！」

「那邊，就在那邊。」

他向小孩指著的方向游了過去。

「這裏！」

「過去了。」

他停下來，想轉身回來，突然有什麼東西抱著他，把他雙腳緊緊地抱住。他用力把腳抽回來，但是他的雙腳還是給緊緊抱住，不能掙脫。他心一慌，也跟著沉了下去。

「那是什麼？」當他沒入水裏，立即又鎮靜起來。他立刻屏住呼吸，那東西一直在拉著他，水並不很深，他的腳好像已觸到河底的沙，那沙只是鬆鬆的。他用手划了兩下，用力想把腳抽回來。但他的腳一動，那東西就要緊緊的抱住他。他靜靜的停在水中，吸了一口氣，連水一起吸進，然後再把水吐了出來。那東西還是緊緊的抱著他，往下拉。他的腳又好像觸到河底，他慢慢伸開雙手，再用力划了一下，人就浮了上來。他仰著頭。在河面吸了一口氣，那東西又用力把他拉了下去，用力地拉，他感到腳上的血液停止了循環，那東西在痙攣。然後，有一點，只有一點點，鬆了起來，他連忙把腳抽開。

他望著坐在他對面的那三個小學生，他已認不出是哪一個曾經抱住過他的腳，他怎樣也不會相信那三個臉色蒼黃，四肢細瘦的小孩，無論哪一個，會有那麼大的力氣，抱住了他的腳，叫他無法掙開。

現在回想起來，他心裏還有點悸動。水如果深一點，他如果抱的不是他的腳，而是他脖子，如果他是剛剛沉下去的話，那……實在不敢再想下去了。

鎮長站了起來，就了位，典禮開始了。

他遞給他一張獎狀，和他握手。小學生在底下拍手。

省議員、分局長一一和他握手。校長代表學生向他道謝，說他是舊鎮最勇敢的人。家長會會長代表家長贈送禮物給他，也和他握手。

他們和他一一握手，這是他從沒有過的經驗，他好像都不認得他們，就是兩個人的手握在一起的時候。他望望那三個學生，他覺得他們也很陌生。

每一個人站起來和他握手，一連串的握手使他的手微微濕了。小學生在下面不停地拍手，他一生就沒有到台上來過。他往台下掃了一眼，千百對小眼睛都在注意著他，他有點害怕，但他還是把全場掃視一遍，好像在尋求什麼，一個影子在他的腦際徘徊起來。

光榮，勇敢，他聽得很多，他們都說那是屬於他的，但他只覺得惘惘然，他沒有辦法在這些重疊的字眼裏找到自己的影子。

三

風很大，霏霏的細雨不停地飄著。

他坐在船尾，船不停地盪著。天已黑了，颱風已經迫近了，船在盪，對岸的樹在搖著。他把煤油燈點燃，掛到插在沙灘上的樹枝，燈在搖曳著，猛撞著樹枝。他用破布裏樹枝，怕燈罩撞破了。

對岸，沿著河邊的是後街，中央有個小公園，沿著後街差不多等距離有一盞一盞的路燈。船對岸是通往媽祖廟的馬路，他還可以看到媽祖廟的飛簷。

那馬路的左邊，後街上，那一幢古老的房子，那門、那門檻上曾掛過紅綵。就在掛過紅綵的次日，她又在河邊出現了。他放心了。但那，他想，又能說些什麼呢。

他望著那古老的門，樹在搖曳著，那門在捉迷藏似的一隱一顯，有時給遮住，有時又露了出來。

不知有過多少晚上了，他曾望著那扇門，那扇一天到晚緊緊關閉著的門。他又想起了那天到學校參加頒獎的事，他記起了不屬於自己的話——光榮，勇敢，典範。

他也想起了那些碩大的，汗濕的巴掌，當那些手掌和他的相碰的時候，所發生的那種異樣的感覺。那時，他曾希望過，應該有一張臉孔對他比較熟悉的，他曾經把整個會場掃射過一番，他只看到無數的臉孔，但他根本就沒有看清楚過一張。

那種場面並不會使他聯想到自己所碰到過的任何一種場面。只有在這河邊，無論是白天，無論是黑夜，只有面對著那扇門，只有背向著那扇門的時候，那古老得像傳說的門的時候，他才不會感到陌生，他心裏才覺得安寧。

風在颳著，越來越大，雨還是細細密密的下著，好像撒下粗一點的水煙。大概不會再有渡客了，但他必須再等一下，萬一有人冒著風雨跑到這裏，發現沒有了擺渡，那個人是不是有勇氣再折回去？

以前，大戰快要結束的時候，有個日本傳令兵，在一個暴風雨的晚上，帶了一個密令到舊鎮來，河流已漲了，渡船也已收了擺，那個傳令兵把衣服綑在頭上，想在暴風雨之夜泅過大水河，結果是把衣服和刺刀都丟了，人又折了回去，後來那個傳令兵給關了「重營倉」，每天，還派了三、四十個日本兵在河裏打撈，想撈起那把刺刀。

那時候，他還小，他的老祖父還在。老祖父時常對他說，一個日本兵怎能在暴風雨之中泅過大水河。全舊鎮，找遍了全舊鎮，才只有他一個人，曾游到一半，把一隻被水沖走的活豬拉了回來。但那已是很久以前的事了，祖父還很年輕，他還沒有生下來，就是他的父親也還沒生下來，也許在祖父所能記憶到的，所能聽到的，就沒有一個人敢在暴風雨裏下水。那個日本人還算有種，但還是不夠，他折了回去，還把東西丟了。

他望著那扇門，路燈遠遠地照著，整個門有一半以上已沒入門框的陰影裏，只是一片漆黑，但他還是可以認得它的輪廓，就是閉著眼睛，也可以指出正確的方位，畫出正確的形狀。五年來，他好像就是爲了要認它而存在的。

老祖父也是個船夫，在他的時代，他也是舊鎮最好的船夫，但這一點並不足使他也成爲船夫，也成爲舊鎮最好的船夫的理由。他的父母早已死了，祖父時常講著船夫的故事給他聽，但他並不一定要他也成爲船夫。

那煤油燈還是不停搖曳著，燈罩不停地扣著樹枝。這時候，大概不會再有人了。他望望那扇在樹後隱隱藏藏的門。再等一會兒看看，他想著。

天是漆黑的，靠了對岸的燈光，還可以隱約看到煙霧在急速地移動著。暗黃色的煙霧，稀稀疏疏地移動著。老祖父是個好人，他泅到河裏，拉了一隻活豬回來，鄰居們都吃到了豬肉，卻沒得過獎狀。如果他老人家還在，也許會對他說，救了三個人算什麼，水是那麼淺。那的確沒有什麼。他覺得實在太偶然了，一停下來就碰到那小孩的手，自己差一點把老命送掉了，他也曾經救過大人，但卻沒有過這種經驗。

他望著那扇門，樹後那扇古老的門。他很想有一次能看到那扇門裏面一下。很早，他就有這種願望，只是一直沒有機會。那裏頭是不是也有一口古井，雖然他沒有使用過家裏那口古井。

那個時候，突然地，所有的電燈都熄滅了。颱風還沒來，怎麼電燈一下子統統熄滅了。他的眼前立刻變成黑暗，但他的眼睛還是注視那個方位，現在一切都變成漆黑了，但他好像還可以感到那樹在搖動，船在盪著，他的視線一直注視著虛空中的一定點。

四

好久沒在家裏睡過了，回到家裏反而睡不好。昨夜，風越來越大，雨也開始下了，他叫人幫他把船推到岸上。

整個舊鎮在黑暗中，在暴風雨中靜靜地躺著。祖父曾經告訴過他，半邊的街曾被洪水沖走了。

他自己燒了些水，洗好了澡，好久沒有用熱水洗過澡了，想躺在床上好好地睡一下，但卻一直睡不著。在學校那烘熱的場面，那消失在黝暗中的古老的柴門，又交互在他的腦海中出現。還有那結在門檻上的紅綵，那是代表著什麼呢？生日吧，好像不是，結婚吧，也不像，訂婚吧，那是比較可能的。但他也沒有發現可靠的證據，如果在那柴門背後，有人訂婚了，那會不會是她呢？

他在床上翻來覆去地想著，但一直想不通。不去想它吧，但那怎麼可能。整天，他不是對著那柴門，至少也背著它，對著它和背著它不是一樣嗎？他每次都想把她看個清楚，但他不能夠。只有一次，他曾面對著面看她，她的臉紅了，他自己的臉是不是也紅了，他已記不起來了。

早上，一睜開眼睛，天已亮了，風吹著，電線不停地呼嘯著，雨一陣急一陣緩地打著屋頂，天是昏昏黃黃的不知已幾點鐘了。他還不覺得餓，還是再睡一下吧。

「來去看大水呀！」有人從窗外小巷走過。

「看大水呀，水眞大呀！」

昨天晚上，他們幫他把船推上岸，繫在河邊的榕樹是不是繫牢了，不知水淹到沒有。那隻船是他的生命，還是出去看一下。

他戴了竹笠，穿了棕簑，把木屐踢到一邊，拉開門出去。風雨打在他身上，他把竹笠戴好，沿著小巷出去。

船位已淹到水了，船在水裏盪著。他看看繩纜，還繫得很牢，暫時大概沒有關係。

他沿著河邊往上游走著。灰色的雲低罩著灰黃色的水。風在颼颼地颳著，雨在下著，一下子斜著掃，一下子直壓著，一下子好像有人用大篩子篩著，緊緊密密地，畫出無數柔和的曲線，一直打到河面。河面是一片煙霧，把河上密密地罩著。風颳過偶爾可以看到隔岸，沙灘低窪處，模糊的竹影，已有半截沒入水中了。

在呼嘯，在怒吼，那隻無羈無絆的，無限大的野獸，在打翻，在掀動，那條狂怒的無限長的巨蟒。

他走到小公園，河邊用紅磚砌成的堤防，已快全部被淹沒了，十多年來，他沒有見過這樣大的洪水。

水一直在拍打著磚堤，把那些紅磚沖洗得乾乾淨淨，混濁的水沖了過來，立刻又退了回去，另一個浪頭又用力打了過來。

水在翻滾，水在打旋，混濁的水，把許多土塊溶化在一起，那飛濺的是土塊，那洶湧的，湍急奔流著的是土塊的溶液，把整個土山溶化在那裏，用力攪過，然後，從那高處，往下瀉著，把所經過的，把所能觸到的一切，順手攫走，那力量無法抗拒。

草木連根拔起，花木、樹枝、竹子拼盤在一起，冬瓜在水裏飄浮、滾動，是魚雷，也是艦隊，不停地向前衝。

祖父就在這種情形下過了水，把一隻活豬拉了上來？他想著，如果祖父還在，他也該再問問他。

他走到公園的圍牆邊，圍牆那邊，就是媽祖廟口的馬路。許多人聚集在牆邊，牆邊有一幢小房子，以前是鎮上的圖書館，就在河堤上，有一棵大榕樹，榕樹下排著五、六根大石柱。鎮長穿著雨衣，也站在牆邊望著。他向他輕輕點頭，鎮長可能沒有看到，並沒回他。也許他戴著竹笠，沒看清楚他的臉。

水位還在慢慢地上漲，已快淹到堤頂了，舊鎮還是屹立在堤上，水在擊拍著堤岸。

「水眞大，這是我看到的最大的一次大水了，已比十年前那一次還大！」一個三、四十歲的人興奮地說。

「不，」一個五、六十歲的老頭，立刻打斷了他的話。

「這算什麼，大概在四十多年前，你大概還沒生下來，那一次可大多了，水曾淹到這裏呢。」說著，走到虬結的大榕樹幹旁邊，在半腰劃了一線。「那時，這棵樹還只一半大呢。四十多年了，那是很早以前的事啦！」雨水一直從樹上滴流下來，打在那光禿的頭頂上。

祖父也曾向他提過那次大水，但那以前，還有一次更大的，可惜祖父已不在了。他總是說，他曾在街上划過船呢。

水從河堤較低處慢慢地淹了上來。孩子們跑著過去，用腳在水裏踩著，踩著，笑著，叫著。

「小鬼，要送死嗎！」大人躲在屋簷下大聲地喊著。孩子們聽了聲音就退了回來。

水不停地沖擊著堤岸，把雜草，把泡沫一齊推了過來，然後又把一部分捲了回去。

「青蛙！青蛙！」小孩子們喊著，又向前湊了過去。青蛙好像已被水沖昏了頭，輕動著四肢，懶懶地游了過來。孩子們俯身下去，一把抓住了。

「蛇！」蛇也被打了過來，微抬著頭在水上，也是懶洋洋的。小孩子們看了蛇都退了回來。那時，一個較大的孩子走過去，腰身一蹲，迅速地捉住蛇尾，把手伸得遠遠，輕輕地，卻很快地，抖了好幾下，把背脊骨椎抖直了，就不會翻上頭來咬人。

他繞出圍牆，牆下也躲著許多人。馬路下去的石階已統統沒入水裏了。他想再沿著河邊走上去，但一下子又猶豫起來了。

河上還是罩著一片煙霧，風逆著水猛颳著，掀起高大的浪濤，一稜一稜，泡沫一掀到波頂就被水濺個粉碎，但一到波底，就又攏了過來。

還是走過去。

又一次，他看到了那古老的門，門框上，門板上所貼的春聯，都已褪了色，大半已剝落了。

他沿著河邊再過去。那裏是「大轉彎」，從大轉彎望過去，一片白茫茫，混濁濁的河水，浩浩地望這邊衝了過來，經過大轉彎，劃了一鈎強有力的曲線，又向河心衝了過去，那氣勢，使整個河面都傾斜起來。

以前，碰了大水，這個地方就時常給沖坍的，整個堤岸被沖掉。有個人站在碩大的合歡樹邊，用繩子繫住腰，手裏握住一根很長的竹竿，在那裏打鈎。

大轉彎過去，是一片較低的菜圃，大半都已被水蓋過了，不能走過去。他停了一下，也就轉身回來。風迎面打著，雨水一直掃了過來，水珠不停地從棕簑滴下。他用手擎住竹笠，微微低著頭，頂著風走回去。

當他走到那熟悉的門口，忽然看見那門開著，他向裏頭瞟了一下，只是瞟了一下，一個女人彎著腰在刷洗著屋簷下的地。她赤著腳，捲起衣袖，旁邊放著一個鐵桶。他沒看到她的臉。他又向她瞟了一眼，她的皮膚是那麼地白，沒有給太陽曬過的地方更加白皙。自從那一天他替她撈起衣服之後，他就沒這麼近地看過她。

忽然，她提起水桶，把地沖了一下。她也看見了他，嘴角微微動了一下，好像在笑，也好像不是，立即把頭轉了回去。這時，他才發現自己站在那門口，五年來第一次站在那裏，但除了她，他什麼也沒看到。

當他走到馬路，忽然有個孩子大聲喊了起來。

「水牛，水牛！」

他回頭，順著孩子所指的方向一看，就在大轉彎過去的河面上，有一條水牛，不，只有一對犄角，偶爾在波浪之間露現，順著水勢，向這邊堤岸直衝過來。那是水牛嗎，一對犄角在水面載沉載浮地漂盪著，顯得那麼輕渺。

牠流過了大轉彎，又順著水勢，漸漸被沖到河心。牠好像還活著，好像想掙扎著過來，但整個身子，像陀螺，在水裏打轉了一下，又在浪濤裏沉沉浮浮，一會兒就消失在煙霧中了。

他又想起了祖父的話，祖父曾經在暴風雨裏下過水，把一隻活豬拉了上來。灰色的雲低罩著，蓋壓著，煙霧急迅地飛馳著，好像整個天都在移動著。

他回頭一看，她正提著鐵桶出來堤邊勺水。他看見她一腳輕輕伸進水裏，探探深淺，踏實了，正想伸手勺水。她如果失了足，這種奇妙的念頭突然衝上了他的腦殼。到底是希望她掉進水裏，還是希望她不要掉進水裏，他不知道。只是，在那三個小學生掉進水裏之後，曾有過一次，他夢見她掉進水裏。

有一株刺竹連根拔了起來，像水車滾動，一高一低，從她身邊流過。

「救命呀……救命呀！」

隱隱約約從大轉彎那邊傳來了兩聲呼救。

他抬頭一看，有個人在河裏，半蹲著，舉起一隻手拚命地揮著。水迅速進撞著過來，快速地切過大轉彎。那個把身子綁在合歡樹幹的打鈎的人，曾把手裏的竹竿遞了過去，但還不夠一半長。

「救命呀！」他的聲音已嘶啞了，水流是那麼湍急，一下子就通過了大轉彎，他已可以看清那個人蹲在竹筏上，一手緊緊地抓住竹子，另一手不停地揮著。

「救命呀！」那人好像在對他喊著。有人在他肩上拍了一下，他回頭一看，鎮長就站在他的背後微笑著，他在鎮長臉上又看到了頒獎給他時的表情，他一直注意著他，微笑著，他回頭一看，水在急速地流著，她站在堤邊，手裏提著水桶，望著他。他還記得，第一次她的衣服被水流走，她也是這麼站著，這麼望著他。

水流得那麼快，那個人就快流到面前來了，他根本沒有思慮的時間，把竹笠拿掉，脫下了棕簑。水是那麼地冷，但已下了水，游到竹筏和泅回堤岸是差不多遠。那竹筏在大轉彎劃過強有力的弧線，在他眼前十幾公尺的地方，顛顛簸簸，漸漸給沖到河心。他用力划著，水是那麼地冷，他曾在冬天下過水，冬天的河水也沒這麼冷。波浪像山峰一般不停地蓋壓下來。只要抓住那竹筏，他想著，突然，一股水沖了過來，嗆了鼻孔，他搖搖頭，嗆著他的並不是水，而是沙，是土。他的鼻腔好像被什麼東西塞住，只是感到快要窒息。他必須游到那竹筏，它就在眼前沉沉浮浮顛顛簸簸，他覺得有一股力量在抗拒著他，把他拉左拉右，拉上拉下。那股力和他以前所經驗過的完全不同。它雖然不那麼明顯，不那麼尖銳，但卻一直圈罩著他整個身子，無法擺脫。他又划了幾下，波浪向他頭頂不停地蓋壓下來，然後又把他高高抬起。只有十幾公尺，但那距離卻是無限的。當他浮上浪頭，隱約看到那個人向他伸著手，好像他不是救人，而是要被救。但他猛向浪底一頓，一個巨浪立即又往頭頂上壓過來，浪水又猛嗆了他的鼻孔，他覺得有什麼東西在猛拉著他。不能沉下去，一沉下去就無法再浮上來。他用力划只要使身子浮上來。

竹筏一共有三節，好像三個車廂，那一定是已經結好，準備水一漲就放下來賣的。風浪不停地把它掀起掀落，竹筏一定要直著走，一橫過來很可能被風浪打翻。他還感到喉嚨很不舒服，那個人蹲著身子，在另一端，他們互相對望著，沒有說話，風在怒吼著。水急速地奔流著，水煙密罩著河上，一陣風吹過，只看到眼前的景色迅速地後退著，河堤已過去了，過了河堤，地勢就漸漸平緩，河面也漸漸寬闊起來。水流有點緩慢，也有點向河邊流漲。這是他沒有預料的。

他做個手勢，要那個人過來，那個人只是望著他，沒有動，他半蹲半爬，移到前面一節。風還是不停地猛颳著，他抽出一根竹子，想探探深度，竹筏不停地掀動著，一根竹子沒入水裏，但還不夠底。他必須把另外兩節竹筏放開。他把鐵絲扭開。風浪一直打過來，有房子那麼高，從河堤上看，一點也不像那麼高。他用竹竿用力把其他兩節竹筏撐開。一點點也好，他必須想法子使竹筏靠近岸邊一點。那兩節望河心盪過去，已流到前面了。他用竹竿划了幾下，竹筏好像在移動，也好像不在移動。水流好像放緩了一點，但還是那麼快。

不能讓它一直流下去，他再用力划了一下。一根竹子不夠寬度，他再抽出一根，用兩根竹子划著。風浪把竹筏抬起抬下，他還沒有辦法站穩。他又用力划了幾下。竹筏必須保持和流水平行，才不會被浪打翻。

他再划了幾下，太慢。他放下一根竹子，用手裏的一根插進河裏，想再探探深度，竹子一碰河底，猛然一拗，差一點把他整個人摔到水裏。他手一鬆，「冽裂！」竹子在竹筏底下劃過，歪歪斜斜地插入水裏，搖晃了幾下，風浪蓋過，又慢慢地浮上來，倒在水面。

他再拿起另外一根竹子，再往水裏一插，這一次卻不夠底，河底是不平的，水面也是不平的。他又划了幾下，又把竹子插進水裏，竹子又是一拗，他用力撐了一下，他覺得手掌發麻，就把手鬆開，他看看那根竹子，竹筏又靠岸一點了。

他再抽出一根竹子，水流還是很急。他用力一撐，竹筏就橫著起來，浪頭一直蓋壓下來，竹筏左右猛烈擺動了幾下。他向前向後撐著，要使竹筏和水流保持平行。每次，當他把竹竿插進水裏，就感到手掌發麻，現在又感到手臂發痠，但他必須早點把竹筏撐開河心。

他不停地撐著，他覺得只用手是不夠的，他必須用腳和手，必須用全身的力把它撐起來。

「你也來一下，」風在呼嘯著，他大聲地喊著，那個人只是怔怔地望著他，好像什麼也沒有聽到。

「你也來一下！」他指著竹子，大聲喊著。那個人想站起來，但身子跟著竹筏擺了一下，又蹲下去，緊緊地抓住筏上的竹子。

他又用力撐著，現在，他只有一個念頭，他必須用力撐著，他的手臂在發瘆，在痙攣，但他一點也不害怕，他好像已不懂得害怕。他必須繼續不斷的撐，他必須用力地撐。水還是在漲著，他已可以清楚地看到岸上的東西了，他也可以看到公路上的油加里樹了。風在颳著，所有的樹都傾斜到一邊，樹葉在飛揚著，有的連小枝一起折下來，一起飛著，一起橫飄著。

水已漸漸淺了，水流也緩慢了許多。岸上是菜圃，番薯稜一直伸入水中，有的只有葉蔓露在水上漂著，有的已全部沒入水中了。他還是用力撐著，站起來不停地撐著，竹筏輕盪著前進，然後向河岸撞過去。那個人還緊緊抓著竹筏蹲著。本來，他們是爲了要上岸的，但一到岸邊，兩個人都怔怔不動。一個蹲著，一個站著，默默望著陸地，也不想說話，也不想上去。

兩個人都在船上，風還在猛烈地颳著，船沿著水緣慢慢地駛著。船底下都是菜圃。他用手背在臉上揩了一下，臉好像用剃刀修過，刮去了一片泥濘。雨打在頭上，汚水又流了下來，把那塊乾淨的臉頰又沾污了。他記得那只是三、五分鐘的事，也許長一點點，但回來時，卻整整花了一個多鐘頭，還沒看到鎮上的堤防。

他只覺得冷。兩個人在撐著船，一個站在船頭一個站在船尾，他們都是他的夥伴。船逆著水慢慢地划回去。以前，他是鎮上最好的船夫，但現在卻坐在船上讓別人替他搖著。他一直在發抖，他的手指，他的腳背都已被水浸皺了，呈淡紫色，一點血色也沒有。污水從他臉上滴下，滴在身上，再由身上滴到船板上。船板上也一片污水，隨著船身盪來盪去。河的對岸仍是一片白茫。

四個人都默默地，一句話也沒有交談過。忽然，他看到前面又有一艘船沿著河邊駛了過來。再望過去，河岸上好像有許多人在等著，他們一定是跟著他下來的。那船上，在兩個划槳的中間，站著一人，穿著雨衣。那是鎮長，鎮長望著他笑著，伸手給他，但他只是怔怔地望著。

岸上有許多人，船一靠近，才知道竟有那麼多人。有的穿著雨衣，有的穿著棕簑，大家都在望著他，自從他注意到他們，他們就一直在望著他。忽然，他看到有一個人，站在前面。那就是她，她沒戴著笠子，也沒有穿著雨衣。全身已被雨水淋濕了。她的手還提著那個水桶，好像它是她身體一部分。她也一直望著他，她的腳半截也沒入泥水中了。

祖父曾經告訴過他，在這樣暴風雨中下過大水河的，全舊鎮裏只有他一個人。現在他也下過了，如果祖父還在，他一定會說，在全舊鎮下過大水河的只有他們祖孫兩個，一個拖上了一隻豬，一個救上了一個人。但，現在曾在暴風雨中下過大水河的祖父，那一次，卻只淋了一點小雨就一病不起了。他們都說是年紀大了。不然，他一定會說，在全舊鎮在暴風雨中下過大水河的只有他們祖孫兩個。

五

他坐在船尾，把竹笠拉得低低的。他想睡一下，但卻不能夠。河水已經澄清了許多，已可以洗衣服了。三天前就已可以洗衣服了。他一直在等著她出來。

早上，他看著白色的濃煙開始從煙囪冒出，就開始計算時間了。那白色的濃煙漸漸發黃，再變成了黑色。水在流著，不停地流著。他望著那緊閉著的門，那古老的門，心臟不停地跳盪起來，他自己可以聽到，他們又要給他一個獎，他們說縣長也要派人參加。他要把這個消息告訴她。他不知道應該不應該去，但如果她高興，他就應該去。她是不是會高興，他不知道，但他必要和她說話。五年來，他們就沒有交談過一句話。水在流著。三十分鐘過去了，他的感覺是不會錯的。但那門依然緊緊地關閉著。水已澄清了，她沒有出來。五年來，第一次，她在該出來的時候沒有出來。

她是怎麼了。他的眼睛緊盯著那門，那古老的門楣上曾掛起過紅綵。三天來，他就一直緊盯著那。他看到她站在眼前。雨在下著，急促地，緊密地，斜打在她身上，打在她臉上。她的頭髮直直地垂下，緊貼著面頰，尾端微微捲起。她的衣服也緊緊地貼在身上，風在猛颳著，她手裏還提著水桶。好像那是她身體的一部分。站在水裏，混濁的水一直沖洗著她的腳，腳上沾著些草屑。水在沖洗著她的腳，草屑在動著。

她木然站著，嘴微微張開。水從她的頭髮流下，從她的面頰，從她的眉毛，從她的下巴流下，注下。風在颳著，她的頭髮貼在面頰，她的衣服緊貼著身軀。她木然望著他，微微張著嘴，嘴唇發紫，不停地輕抖著。她就站在水裏發抖著，水從她的腳邊流過。

水從他的腳邊流過，已澄清了許多。他望著河面，水面上還漂浮著泡沫，稀薄的泡沫。他坐得很低，河面顯得更寬更遠。水從遠處流著過來，好像有一股力不斷地吸引著它，越來越快，載著泡沫望船舷直衝過來，粉碎了，濺起細細的浪花。

水從船底流過，從另一邊湧了上來，輕輕地翻滾著，向那遠處流著過去。他把腳伸到水裏，好像要阻止水的流逝，但也像不是。水很冷，他把腳縮了一下，又把它們伸進去。水從他的腳邊流過。他把笠子輕輕托起，那門還是緊緊地閉著，好像自從他看到了它，它就這樣緊緊地關閉著。

他望著，等著。天邊還沒大亮，那熟悉的煙囪又冒出炊煙了。他想著，她會穿些什麼衣服。他的心臟又開始跳盪起來。他曾經等了一整天，不安和焦慮的一天，她終於沒有出來。第一次，在該出來的時候，她沒有出來。但，今天，她一定會出來的。他望著那煙囪，那炊煙，她一出來，他就要把那個消息告訴她。爲了這，他已整整等了二十四個小時哩。在這二十四個小時裏，他一直想著如何啓口，一直想著要說的話。他在腦子裏不停地修正，不停地補充。

三十分鐘就要過去了。他望著那門，幾乎感到窒息。現在，她就要出來了。那門屹立在那裏，竟顯得那麼高。她出來了，他該對她說些什麼？時間一秒一秒地過去，他的心臟跳動得更加急促，更加猛激。三十分鐘，也許還沒有到，自己的估測也許不很正確。五年來，他第一次對自己的估測失卻了自信。

她到底怎麼啦？他又看到了她木楞楞地站在風雨中望著他，手裏提著水桶。她的手是那麼白皙，有點顯得細瘦。他又記起曾經夢見過她掉到水裏，她掉在水裏也不過是那種樣子。但自從那次以後，他能看到的，她就是那個樣子。他又望著那門，他該對她說些什麼？他應該把那消息告訴她？昨天準備了一天的話，就在他望著那門的時候，全部忘光了。但那有什麼關係，只要她出來就行了。現在，他所希望的，也只有這些了。只要她出來，我就去領獎，不，不僅是領獎，只要她出來，只要她高興，我什麼都可以做。

但這一次，她仍然沒有出來。

明天就要領獎了。昨天，有人向他道喜，還說報上登了許多關於他的事。他記起了上次領獎的事，他也記起了許多他無法了解的話，許多陌生的臉孔，還有那些汗濕的巨大的巴掌。如果她高興，他就去領獎，但她一定不會很高興，他不願意再去想那些領獎的事。他只覺得她才是最重要的。他只希望她出來，只希望能再看到她。現在，他連對她說話的企求都沒有了。他只希望能再看到她，在下水以前的她。

那門終於靜靜地啓開了。在那漫長的四十八小時之後。她出來了，她是應該出來了。他一直相信她是會再出來的。

他望著她慢慢走到石階，忽然聽到木屐踏在石階上的聲音。那不是她！他猛想起，她下石階的時候，總是把木屐提在手裏。他望著她，那的確不是她。自從她開門閃出了半個身子，他就知道那不是她，只是他沒有想起出來的會不是她。

木屐踏在石級上，輕揚起灰白的土灰。忽然，她停了下來，把木屐脫下，拿在手裏。她一手挽著籃子，一手提著木屐，但那不是她。

她把衣服擱下，蹲下身子。但那不是她。她在洗衣服，她抬起頭來看他，他也看著她，那頭髮，那身段，那膚色都有些像她，但那不是她。她在洗著、擣著、把衣服在水面揚著，然後把手一放，衣服慢慢地沉下去。她看著他，他也看著她，也看著沉下去的衣件。它原來是白色的，沉到水裏，慢慢地變成昏黃，流了過來，沉了下去。她站起來，望著他。他也望著她，也望著沉下去的衣件。他手裏正握著撐竿，但他沒有動。

他的手握著撐竿，他的腳還是垂在船舷。到底出了些什麼事。前兩天，她沒有出來，他並沒有擔心。但早上，當他看到了另外一個女人，他就不安起來了。到底發生了什麼事？他整天整夜把守在河邊，也看不出有什麼變化。但自從另外一個女人代替了她，他就相信她再也不會出來了。水在腳邊流著，突然，他覺得水很冷。自從剛才把腳放進河裏以後，他第一次感到水冷。他望著沙灘上，太陽斜斜地照著，剛才在沙灘上蒸發的水蒸氣現在已看不到了。他沿著沙灘望到盡頭，水從遠處直流過來。擁著泡沫，擁著草屑，從他腳邊流過，從她腳邊流過。她的腳是那麼地白皙，草屑貼在腿上，好像水蛭。他猛然把腳縮了上來，一片草屑從他腳邊流過。

他抬頭，看一個人開了門進去，手裏提著黑色的皮包，好像醫生，也好像收買舊鐘錶的，他沒有辦法分辨清楚。不久，他又出來了，那門又緊緊地關了起來，好像這水，一點也沒有痕跡。他望著那人的背影，他的頭在輕輕地搖晃著。他望著媽祖廟那邊走著，從腳慢慢地沒入堤後，慢慢地沉下去，好像沉到水裏。從河堤再望過去，他只看到媽祖廟的飛簷和兩隻用青瓷瓦嵌成的龍。

蚊子

邱永吉半坐半躺在椅背上，把兩腳伸直相疊擱在另一隻椅上，猛抽著煙。他桌上擺著兩、三種報紙，還有兩份晚報。經理已先走一步了，襄理正在鎖金庫，除了幾個行員還在整理一些零星的帳務，大多已下班了。

他眼睜睜地望著所吐出來的煙。有些報紙已從第一版看到第十版，連較大的廣告都一字不漏地看過，在晚報上所登的許多餐廳，雖然沒有去過的，他也可以像小孩子背著電視的廣告一般，把它們背誦出來。

升上副理已半個多月了，在同一個分行，他所感到唯一不同的地方，恐怕就是工作減少了。雖說副理是升經理的跳板，離開當經理應該還有一段很長的時間吧。

「邱副理，還不走？」襄理已鎖好了金庫。

「等一下。」

「有什麼好看的？」

「哪有什麼好看的。」

襄理笑了笑，也不等他回答，把鑰匙塞進口袋，揚揚手先走了。這年頭，做銀行員只求不出事，不要有飛來橫禍就好了。他擠熄煙蒂，再把報紙翻一次，想在許多相同的消息中發現不同的細節。晚報上有許多記事已在日報上看過。他找出連點圖，用原子筆依照所標數目字的次序把各點連結起來。他感到有點惘然，所連出來的圖案永遠不會驚人。

他拉開抽屜，下午有個客戶借給他一本《花花公子》，那時剛好有一位女行員在請示他，他就把這「資料」收在抽屜裏，差一點忘掉了。他把牛皮紙的資料袋打開，把雜誌翻了一下，看到一張金髮女郎的裸體照。這一張很不錯，人選、姿態和技術都屬上乘。他抬起頭來，向四周望了一下。只有兩、三個行員在櫃枱那邊。

他走到總務股，把雜誌倒覆在複印機的玻璃板上，按了鈕釦，綠色的燈筒來回閃了一次，突然旁邊的紅燈亮起，複印機也響了訊號。在加班的行員都轉過頭來看他，他一急把機器關掉，已滿臉紅脹起來。

「沒有紙了吧。」一個行員迅速地過來，俯下身看看裝紙盤。

「沒有關係，我會弄。」

「好了，再按一次看看。」

他再按了一次。剛才關掉機器時留在裏面的一張先出來，然後是新印的一張。印好出來的，都是正面朝下。他對設計機器的人感到佩服。但是反過來說，如那留在裏面的一張沒有拿出來，明天有人複印的時候，萬一又碰到女孩子去複印，看到了將會怎樣呢？

他回到自己的座位，把雜誌裝進資料袋，抛進抽屜裏，把抽屜鎖上。眞不值得。他在心裏想著，把桌上的東西擺好，看看手錶，才七點多。回家，還早了一點。

他在洗手間，看看鏡子裏的自己，覺得有點滑稽，有點像猴子吧。他向鏡子裏的人眨眨眼睛，然後取出梳子把頭髮梳了一下。頭髮並不長，不過也可以理了。上次，三鳳理髮廳的那位叫金鳳的小姐對他還不錯。她穿著淡黃色的旗袍，是制服，胸前繡著藍色的店名。旗袍的布料很薄，隱約可以看到奶罩和內褲的顏色。他不敢正視她，但可以從大鏡子裏清晰地看到。在修面的時候，她的腹部抵住他放在扶手上的手肘。

三鳳理髮店就在銀行對面的小巷內。他走到前面，才知道今天是二十五日，初十、二十五日，「無理髮」。

「唉。」他嘆了一口氣，忽然失去了目標一般。「到西門町去走走看。」他茫然想著。

不管什麼時候，西門町總是人山人海。這是有錢人和年輕人的世界。邱永吉夾在人潮裏湧來湧去。今晚和從前許多夜晚一般，完全沒有目標。有時，他停下來看看商販的吆喝，有時站在店前邊看看五彩繽紛的櫥窗，有時就擠在人羣中，和人家相擦身子，或讓人家推著他的肩膀，有時他也會閃在一邊觀看，避免和人家接觸，有時卻故意把腳伸開一點，讓人家踩他一下。

這是很熱鬧的時刻，很熱鬧的場面。在人羣中，他覺得自己很小，卻又覺得自己是這人羣中的一分子。

他擠到一條小巷口，裏面咖啡廳林立，那是另一種世界，他猶豫了一下。以前，他也走過這種地方。今天和往日並沒有什麼不同。有些咖啡店前面站著濃粧的小姐，有些卻請了二、三十歲的男人在拉客。

「來坐嗎。」

他笑笑。他知道自己是公務員，不能進去。點到爲止，他想著，從巷子的另一端出來。

很久以前了，政府對公務員的管束沒有這麼嚴厲的時候，他也曾經在這種地方認識了一個女孩子。她長得不錯，看來也有點腦筋，只是不知道爲什麼會淪落到這種地方來。那時候，他曾經想問她願意不願意和他在一起。

他想著，不知不覺已走到家面前。店的鐵門已放下來了。他鑽過鐵門，抬頭就看到牆上的電鐘正指著九點。

家裏開著一家五金行，是由來治在經營。說得正確一點，這家吳福興五金行是來治的父親所創設的，已有四、五十年的歷史了，現在老人家已退休，店務全由來治接管。由於地點好，老人家又一向主張信實無欺，待人敦厚，所以生意一直興盛不衰。

邱永吉進去的時候，來治正在接待客人。店在八點左右放下鐵門，店員就可以回去。其餘的時間就由來治自己看管。可能是上手的人來收貨款吧，他看到來治開了一張支票交給那個人。

這一幢房子共有四樓。二樓是廚房、餐廳、浴室和二老的房間。三樓是邱永吉夫婦的房間，四樓是孩子們的書房和臥房。

二老正在二樓看電視，兩個人肩膀挨著肩膀坐著，在他看來，只差沒有相抱起來而已。他感覺得出來，只要他在的時候，二老總顯得格外的親密。他不知道原因，但他確信那是有意的。在他們那種年紀，這是很不尋常的。也許他們在暗示他和來治必須這樣相好，要以他們做爲榜樣。也許他們這樣做，表示他們要聯合力量來對付共同的敵人，而在這家裏，如有他們的敵人，那就只有他一人。

「阿爸，阿母。」他說。

「回來了？」他們說，好像是一個人的聲音。「趕緊去吃飯。」

二老對他，永遠客氣而周到。不管他多晚回來，他們總是先叫他去吃飯，好像吃飯是唯一值得重視和關心似的。

「阿金，先生回來了，趕緊把飯菜熱熱。」

邱永吉先到三樓，脫掉衣鞋，洗好手臉，坐在椅上舒散一下。三樓有一套山水的音響設備，是由他一個朋友推薦購置的。他想伸手去轉開，但又立即作罷。本來，他是希望能和來治一起聽聽，但她似乎沒有什麼興致。他趕快去二樓，怕二老一直坐在那邊等著他吃飯。

二老和來治他們雖然不動聲色，但他感覺得出來他們心裏一定不高興。一頓飯總是要分幾次吃。孩子們先吃，然後二老，然後傭人阿金，再輪到他邱永吉，而來治有時在他前面，有時在他後面吃。

飯桌上放著一盤三層肉，那是他最愛吃的，而家裏其他的人，包括阿金，都不愛吃。從量看來似乎多了一點，但他必須把它吃光。如他沒有吃完，他們會問他身體有什麼不舒服，如吃完，下一次可能還有同樣的一盤。有一次，他要阿金不要弄那麼多，她說這是頭家娘吩咐的。

「阿爸，阿母也來吃。」

「吃飽了。你趕緊吃，才不會冷。」

「我去叫阿治。」

「毋免，她有人客來。」

他坐下來，吃了一點，忽然感到口渴，很想喝一點酒，卻不好開口，過了不久，來治也上來，大概客人已走了。

「妳吃了？」

「還沒，不過我不餓。」

看來，她又瘦又小，誰也看不出這幢房子裏面，由一樓到四樓大大小小的事，全由她一個人在掌理。

「今天忙一點？」她坐下來。每次總是這一句話。其實她心裏明白，誰比誰更忙。現在就是他晚回來，她也不會再打電話去銀行問他怎麼還不下班了。

她也盛了一點飯，只有兩、三口多。她捧著碗的手上還有鐵銹。不知道是沒有洗掉，還是洗不掉。他想伸手去揑她一下，但在二老面前，有些不自在。那種衝動很快就平靜下來了。

「忙倒不忙。」他想告訴她已升副理，卻又不想開口。

「要不要喝點酒？」

「不。」

她吃完飯，坐了一下。兩個人默默地坐著。要喝，他倒喜歡一個人喝。

「你慢慢吃，我去結一下帳。」

她一走，他就匆匆扒完飯，也跟著站了起來。

「吃飽了？」二老急著問。「要吃飽呀。」

「吃飽了。」二老雖然在看電視，卻好像一直注意著他。

來治在三樓整理帳目。她的手指慢慢地撥動著算盤，她已有了進步，但在他看來她的算盤依然是緩慢的。他自己是個銀行員，他的算盤在那些同事中也算是平均以上。從前，他也曾經告訴她，算盤部分可由他來打，她卻說帳務不多，不必快。以後，他就決心不去過問她的帳務了。而她也從來沒有要求過他來幫忙她。

「你不去四樓看看孩子？」

他們有五個小孩，兩男三女。頭三胎都是女的，那時二老的臉色眞不好看，後來再連續生了兩個男孩，家裏緊張的氣氛也算緩和下來了。

在他入贅到吳家之前，關於孩子的姓氏，也曾透過介紹人先作協議，並寫成「覺書」。本來，約定第一胎從女姓，以後各胎從父姓，後來經二老提出異議，改由一三五從母姓吳，二四六姓邱。

依照約定，第一胎從母姓，第二胎就應從父姓，但因當時又生了女孩，二老臉色不悅，來治提議從母姓做爲妥協。第三胎又是女孩，也姓吳，第四胎是男孩，因爲久旱望甘霖，又說是男孩的第一胎，也應姓吳。邱永吉在這方面本來就不計較。既然入贅，就不必主張什麼，姓吳、姓邱不都是自己的孩子？第五胎又是男孩，他也沒有堅持，所以他們就逕自去報了戶口。

四樓是孩子們的天地。家庭教師還沒走。孩子們的功課都不錯，尤其是上面那三個女孩。最大的今年考上國立大學外文系，老二、老三都考上最好的高中。就是兩個在國中的男孩也都名列前茅，應能順利考上高中。

依照銀行的規定，這五個孩子都可以申請獎學金，但他從來就沒有申請過。因爲有一次，他曾聽到一個同事在背地裏說他像一隻豬哥，專門替人家播種。他用自己的錢做爲獎學金給了他們。

家庭教師站了起來，他也和她點頭問好。

「我們這些孩子的功課都還可以，我們只是希望妳來陪他們讀書，告訴他們一些讀書的方法，妳也可以帶自己的功課到這裏來做。」

每次請家教的時候，來治總是這樣交代。監督的任務大於教導。他有感覺，孩子們更有感覺。有一次，最小的一個孩子還說又請來了一個獄卒。

邱永吉一到四樓，大女兒秀玲就回頭走進她自己的房間。已有好幾天了，秀玲一直避開著他。

差不多一個月之前吧，秀玲曾經到過銀行找他。

「爸，你要不要請我吃午飯？」

「好呀。」他覺得有點意外。「妳想吃什麼？」

「西餐好不好？我還沒吃過。」

他請她到衡陽路一家新開的西餐廳。他也教她如何用刀叉。

「爸，你說我應不應該交男朋友？」

「我不反對，不過……」

「要問媽媽對不對？」

「妳知道的……」

兩個人靜靜地吃了片刻，秀玲突然打開派司套，取出一張照片遞給他。

「爸，你看這個人如何？」

「長得還不錯。」

「爸，我再問你一次，我可以交男朋友嗎？我要你自己的意見。」

「……」

「爸，你還是沒有意見？」

她倏地站了起來，拿圍巾把嘴一擦，丟在桌上，頭也不回地走了。

自那一件事發生以來，他就一直感到懊喪。女兒要問他，表示她還看重他。

「爲什麼呢？」他在心裏想著，爲什麼連自己的女兒都不能代出意見呢？從女兒那充滿著輕視的表情，看得出她心裏的痛苦。他一直想找個機會向她解釋，但看到女兒每次規避著他，他就覺得不會有那種機會了。

「阿治……」

已快十一點了，來治還在三樓整理帳目。他點了一根香煙，坐在來治旁邊。他想和她談談秀玲的問題。

「今天報紙上又說，抽煙太多對身體絕對不好。」

他用力擠熄香煙。

「何必呢？我只是說今天報上又有人把這個問題提出來。常生氣，對身體也不好。」

邱永吉換了睡衣，到二樓去洗澡。二老已進去休息了。他走進浴室，水已準備好了。每次，他一進浴室就想到熱水器漏氣的事，雖然水是阿金替他準備的。

他洗好澡回到三樓，來治正準備好要下去洗。以前，來治也偶爾會和他一起洗澡。那已是很久以前的事了。他知道這也不全是因爲孩子們已長大。

「你很累了，先去休息。」來治對他說。

他坐在沙發椅上，想抽一支煙，卻又想起來治剛才的話。

他長長吐了一口氣，他該先睡吧，還是等來治呢？她說他累。她常常說這種話。其實，累的應該是她。但她總是這樣說的。

他拉開床頭的小燈，躺了下去。先睡吧，他心裏想著。從前，他認識一個女孩子。那時，來治剛生了小男孩不久。她是一個大客戶的會計。她每天都到銀行來存錢領錢。他和她約會過幾次，也和她去看過兩次電影。他把家裏的事告訴了她。她說願意嫁給他，願意替他生孩子，姓邱的孩子。他預備放棄一切，包括銀行的職位。後來，她的父母來了，把她叫了回去。那位大客戶也大發雷霆，把所有的存款都移到別家銀行去。爲了這一件事，經理曾經指責過他，帶他去向客戶道歉。

自從那次分手，他就沒有再見到她了。不知她是否已嫁人，已生了孩子，生活是否幸福安定？

他想著，覺得神志有點游離。忽然，他聽到一隻蚊子在他的頭上嗡嗡鳴個不停。他靜靜地判斷著方向，然後伸手猛打下去。不知道有沒有打到？他睜開眼睛看看手掌，什麼都沒有。停了一下，嗡嗡的聲音又起。他又打下去，打得比剛才更重。他打到自己的鬢角，他的頭震了一下。他覺得頭部朝下，往下沉下去。

他好像還聽到嗡嗡的聲音。不知道是蚊子的聲音，還是自己的耳鳴。他再舉手猛拍下去。

檳榔城

昨天上午參加了畢業典禮之後，有些同學已在下午或晚上坐車回家去了，也有些準備在今天早上回去，只有少數的同學還留在中部。

洪月華自己一個人到了市區，想在回去之前，買一點東西送給父母親做紀念。她在中部讀書四年，在這時候，當她走到街上，看到許多熟悉的地方，如公園、圖書館、戲院、飲食店，就忽然想起，在往後的日子裏，也許不容易有機會再看到。所以，每當她走到一些最熟悉的地方，就不禁想多看它一眼。

這時，她也忽然想到了一些同學，她曾經和他們到過這些地方。這些同學，大部分是女同學，有時也有一、兩個男同學參加。但只有一個人，至少只有這一個人，陳西林是從來不跟同學上街的。

昨天，他也沒有來參加畢業典禮。也沒有來和同學們簽名、道別。

陳西林爲什麼沒有來呢？四年的學校生活，有什麼比這更有紀念性？有什麼比這更重要？他自參加最後一堂考試之後，就沒有人再見到他了。他會生病？她想起了他那又壯又黑的體格，總是和疾病連不起來。

在學校裏，他是一個怪人，幾乎不跟任何同學「交際」。

他很用功，成績也相當不錯。

洪月華只和他談過一次話，那是去年在農場實習的時候。那時，他們分到同一組。他們談了不少。但自那一次以後，他忽然又變成了陌生人一般。她實在無法了解他，但也不曾想要去了解他。

但今天，她爲什麼又想起了他？會是因爲他沒有來參加畢業典禮？

她走到火車站，先看看回台北的時間，而後又看看南下的時刻表。

也許，她應該去看看他。她買了一張南下的普通車車票。爲什麼？她猶豫了一下，但車票已經買了，難道要退票？

火車差不多慢了三十分鐘。她坐了一個多小時，到了那個小站，已是下午一點多了。下車的人和上車的人都一樣的少。太陽很是眩目。

她雖然沒有來過這裏，但這個小站的名字卻一直留在她的記憶裏，已有兩年多了。

那是大二的寒假，她和同學到南部旅行回來。她坐在窗邊，她看看西邊，看到一輪又大又紅的太陽正要沉入西邊的地平線。「多美！」她和同學一起喊了起來。

就在那時候，她在一片田畝之間，看到了一座四四方方的田莊，圍繞著矗立的檳榔樹，正好頂著那美麗的落日。檳榔城，一個美麗的名字忽然閃過她的腦際，已和那美麗的落日連在一起了。

那檳榔城很快地拋到後面去了，太陽從地平線滾了下去。天是一片火紅。她看看手表，五點三十五分。

她閉著眼睛，回憶著那美麗的景色。那時，火車忽然慢慢地停了下來。車上的服務小姐透過擴音器報了站名，又說是因爲交會列車，暫停一下，請旅客稍候。她睜開眼睛，並把那小站的名字記在心裏。

當她走過出口的時候，收票員還抬起頭來看了她一下。在台北和台中那種城市裏，她就沒有遇到過這種事。她覺得，好像每一個人，尤其是女孩子，都在注視著她。是不是她穿的裙子太短？或者所穿的鞋跟太高？她忽然感到臉紅起來。

檳榔城，兩年多之前她曾經從火車的窗口看到的，又如何去呢？

她知道陳西林就住在檳榔城裏。這是去年在農場實習的時候，他告訴她的。那時，他還和她談到種植檳榔的各種問題。

「檳榔城，多美麗的名字！那是和某些水彩畫家所畫的農村景色一樣的美麗。但實際上……我倒希望你有機會來看看。」

「你肯讓我去嗎？」

「爲什麼不肯呢？」

但他並沒有再邀請過她。實際上，自那次以後，他就沒有再和她說過話了。

到了第二學期，學分也少了，而且選修的課比較多，她自己也選了一些輕鬆一點的課，而他卻依然選那些吃重的課，碰面的機會也少了。有時候，就是偶爾碰頭，他也好像有意避開她似地走開了。

而後，很快地期末考完了，大家都畢業了，而他卻連畢業典禮都沒有來參加。難道他已忘掉曾經約她去看他的檳榔城了？

但她並沒有忘掉。現在，她的困難是怎麼去。方向她是知道的。只要沿著鐵路往南走，就一定會找到。但從當時的火車的速度來推測，離開這裏至少也有六、七公里的吧。

當時，她也沒有問起陳西林如何去，坐什麼車去。她走出了火車站。

站前有兩排小店，有的賣煙酒和雜貨，有的賣水果，有的賣魚肉，也有六、七家小吃店，包括一家冰果店。狹窄的街道和牆腳都好像蒙上一層當地特有的土色、黑灰色。

時間雖然已不早，但小吃店裏還有一些人，她還可以聽到炒菜的聲音，也可以看到大鍋裏還在冒煙。

她也看到一家賣甜點的店。有花生湯、紅豆湯，也有米糕糜。一只尖嘴的開水壺還不停地吹著哨聲。她看到小玻璃窗裏放著一些泡餅和油條，裏面也有兩、三個人低頭在吃著。

這時，她想起中午還沒有吃東西。因爲臨時坐上火車，她連吃東西都忘掉了。

她一看，一只玻璃罐裏還裝著麵茶。她想起小時候到鄉下找外祖母，曾經在廟前的小吃攤吃過麵茶。但自外祖母去世以後，她就很少去過外婆家，也更少看到賣麵茶的了。

她叫了一碗麵茶。她實在沒有想到還能在這種地方吃到麵茶。

小店的歐巴桑矮矮胖胖的，看來有五十多歲。她把麵茶舀進碗裏，用湯匙背面熟練地一抹，把尖嘴的開水壺拿起，由低而高，再由高而低地沖下開水。麵茶已起了泡。她用湯匙拌了一下。

「歐巴桑，請借問，在鐵路邊，有一間種檳榔的，安怎去？」

「哪一間？」

「他們有個孩子，去中部讀大學的。」

「是不是陳西林家？」坐在對面吃花生湯泡油條的壯年人問。

「你認識他？」

「他是我們這裏的農業博士，我們一有問題，不管是種子的問題，或肥料的問題，都是請教他。」

「我怎麼去？」

「等一下，我用歐托拜載妳去。」

「沒有車子？公共汽車？」

「有是有，不方便。車班太少，下車還要走很遠，妳也不一定知道路。還是我載妳去。」

「不好意思。」

「有什麼不好意思？我每次碰到城裏來的人，就有一種感覺，都不相信別人。」

「我……」她感到臉紅。

「妳是他同學？」

「嗯。」

「我去隔壁把買好的東西提過來。妳等一下。」

那個人也姓陳，他們坐機車穿過田畝間的小路。路的兩邊都是黑土壤的田地，現在大部分都已犁翻過來，預備種第二期作物。

白熱的太陽正高掛在頭頂上。機車差不多走了十幾分，就到了陳西林的家。不錯，那正是她從火車上看到的檳榔城，只是覺得比她印象裏的小了一點。

她站在入口的地方，往東邊看，果然在遠處可以看到高高的鐵路路基，延伸到很遠的地方。

原來，用機車載她的人，還是陳西林的遠房堂兄。

房子是紅磚屋，看來已是很久的了，屋前是水泥地的曬穀場，上面有雞鴨在走動，隨便把糞便撒在地上。房子的四周圍著兩層檳榔樹，大部分比屋頂高，但也有幾棵比較矮小，看來是以後才補種下去的。有些檳榔樹正在開花，也有的已經結子了。陳西林曾經告訴過她，種檳榔樹，除了可以代替竹圍之外，還有更高的經濟價值。

陳西林不在家。他的母親出來，說他已去田裏工作了，並叫他的堂兄去把他找回來。但她希望能去田裏看他。

田就在屋後，在鐵路的相對方向，應該是西邊。

太陽猛烈的照著。她走到屋後，一望過去，都是田畝。有的已注滿了水，映照著天色，好像一面大鏡子。

在遠處，她可以看到幾個影子在泥田裏走來走去，好像在追逐著什麼，腳步有時大，有時小，那樣子很滑稽，也很好玩。田裏也有幾個女人，女人所戴的笠子還縫著彩布，用以遮陽光，所以不容易看到她們的臉孔。但從她們的體態看來，其中有一個人很年輕。那個人會是誰？

洪月華忽然臉紅起來了。她爲什麼想到這種事情呢？

田路只有一尺多寬，走起路來，靴跟有時又會嵌入土裏，一不小心，就會跌倒。她走得更近了，也看到了陳西林。陳西林並沒有生病。她看到他停下腳步，轉頭過來看到她，好像楞了一下，而後走上最近的田路，往她這裏走過來。他穿著短袖布衫，但依然可以看到寬闊的肩膀，和肌肉隆起的胳臂，看來比在學校裏要黑得多了。

他的腳好像穿著長統靴，泥巴幾乎沾到膝蓋。他的身上也有泥跡。

「眞想不到！」陳西林脫下了竹笠說。

「你們在做什麼？」

「踏稻頭。」

「踏稻頭？」

「妳沒有看過嗎？就是把稻頭踩進泥土裏，讓它腐爛。因爲一期作和二期作之間的間隔太短，必須把稻頭踩進土裏。」

「呃。我一直都不知道。」

「那也怪不得。這是在課堂上，在實習農場裏都學不到的。」

「你昨天怎麼沒有去？」

「家裏太忙了。大家正在趕著插秧。」

「我會打擾你嗎？」

「怎麼會呢。」

「我可以試試？」

「很累喔。」

「我只要試一下。」

「妳不怕把衣服弄髒？」

「沒有關係。」她紅著臉說。

「那妳應該戴著笠子，陽光這麼強。」陳西林說，把自己的笠子脫下來給她。

「那你呢？」

「我有這個。」他從褲子口袋裏掏出了一頂帽子。「我去弄一根竹子來給你做杖子。」

「你們都不要杖子？」

「我們是農夫。」

「我也是學農的呀。雖然昨天已畢業，這也算是補修學分。」

她也是學農的，不錯。但她和陳西林完全不同。她是因爲聯考成績的關係，才分發到農業系來的。至於陳西林，卻是一心一意想讀這個系，希望能學點東西，來改良自己的農耕成果。

洪月華把鞋子和襪子都脫了下來。她的裙子雖然還不到膝蓋，她還是小心地提了一下，輕輕地走下到田裏。

陳西林也替她介紹在田裏工作的人。那個年輕的，是他的妹妹，名字叫玉蘭，目前在中部的師專讀書。另外的人，有一個是他的嫂嫂。

她一踩進田裏，就覺得整個身子往下沉。她的心裏有一種不安的感覺。泥土好像往下拉著她，一直到她的膝蓋已快沒入泥水裏。她趕緊把裙子再提高一下，露出白白的大腿。她的臉又脹紅了。

她看著別人在踩著。陳西林就在她身邊。他們踩得又迅速，又準確。他要給她竹子，她不肯。

她看見前面有一簇稻頭。她想去踩它，但她的腳卻好像嵌在泥土裏，怎麼也拉不出來。她用力的拉，腳是出來了，人卻差一點倒下去。

陳西林拿竹子給她，堅持她用杖子。

她慢慢地踩著。這是她第一次踩到田水裏的。她一踩下去，身體搖晃了一下，等她一穩住，小腿已沒入一大截。她感覺自己忽然變得那麼矮小。

用犁翻過來的泥土裏，散布著一簇一簇的稻頭。有的是直的　有的斜的，也有的倒栽在水裏。因爲稻割不久，稻稈上斜斜的切口還很尖銳。她聞到一股泥土的味道，雖然她不曾聞過，也無法說明，但她知道那就是泥土的味道。

她看準著稻頭踩了下去。但有時候踩歪，還有一半留在上面，她就必須抽腳起來再踩。有時，稻稈向上，或埋在泥裏看不見的，一踩下去，就會扎痛腳底。有時，扎得太痛，她就略微蹲下身子。

泥土，有時很黏，讓她無法順利拔出腳來，有時卻在她的腳底下滑溜，好像是泥鰍在鑽動，有時也會沿著小腿噴了上來，沾污了衣裙，和大腿的內外側。她小心翼翼地踩著，很怕跌倒下去。

陳西林踩的面積比較寬，她只踩著狹窄的一線，而且歪歪斜斜的。

她每踩下去，泥土就往腳趾間擠，把腳趾扯開。她看到陳西林的腳趾也是張開的，腳板顯得又寬又厚，很像鴨掌，她忽然覺得奇怪，他是怎麼穿靴的？

三點多鐘，他們停下來吃點心。在鄉下叫做吃五頓。點心是稀飯加番薯，佐飯的是黑豆豉和切碎的蘿蔔乾。他們把手腳隨便洗一下，就站在田路上吃著，女人也一樣。陳西林的妹妹玉蘭還問她一些城市裏的事情，也一再的稱讚她的皮膚。

她沒有吃過這種東西，但她覺得比什麼都好吃，尤其是稀飯裏的黃色番薯。

休息的時間很短，也就是吃點心的時間。她俯首看看自己的腳。腳上還沾著一點泥水，有些地方已乾了。有點繃緊的感覺。指甲上的指甲油已脫落不少，但指甲裏卻塞著泥土，彎成新月形。

她的手臂有點發紅，有點灼燒的感覺。

吃完點心之後，他們又開始工作。陳西林要她休息，但她紅著臉，表示要踩下去。太陽依然猛烈地照著，汗水從額頭不停地流下來。刺痛著眼睛。她的口很渴，喉嚨乾乾的。她也感到背部都濕了。她的腳步也漸漸慢了。她的腰有一點挺不直了。她好像一輩子都沒有流過這麼多的汗。

她踩的越來越慢，也越少，陳西林就必須踩得更多，才能維持同樣的速度前進。有時，她踩漏了，或沒有完全踩進去的，陳西林還回過來補踩一腳。

「我很高興妳來看我。」

「呃。」她的臉又紅了起來，好像汗也冒得更快。

「其實，我也希望有其他的同學同來。」

「他們都回家去了。」

「妳回家以後，有什麼計畫？出國？結婚？或做事？」

「我爸爸已替我找到了工作。」

「什麼工作？」

「貿易商。」她又臉紅起來。

「貿易商？」

「出口工藝品的，這是暫時的，因爲一下子找不到性質比較接近的工作。」

「這也很不錯。不過，我最近常常這樣想，很多想讀這種書的人，讀不到，有些人不想讀，也不必讀的，都擠進來了，占去了有限的名額。」

「有時，我也會這樣想。尤其是到了最近，快畢業了，在找工作的時候遇到了許多問題，就更覺得如此了。我很明白你的意思，其實，我也時常覺得做錯了一件事。」

「這也不一定能怪妳。讀書，當然什麼人都可以讀，什麼書都可以讀。只是，有些眞正想讀的人，卻沒有機會讀。拿我自己來說，就考了三次才考取，而你們卻是因爲考不好才分發過來的。你們並不眞正想讀這種書。妳還記得吧，當初，你們到農場去實習的時候，都好像要去郊遊一般，三五成羣地聊著天，有的還帶著收錄音機，一邊聽歌，看那些雇工在工作。」

「我們裏面，也有農夫，像你這樣的，也有幾個讀得很好，想到試驗所去，或想找機會繼續深造。」

「那只是少數的幾個人呀。大部分的人，一畢業就改行。這種情形，不僅是個人的損失，也是整個社會的損失。」

「但，這又有什麼辦法呢？當初我也是很努力的呀。每個人都想考好一點，每個人都覺得有學校讀，要比沒有好呀。」

陳西林一聽，忽然沉默下來。過了片刻，他說：

「對不起，我實在不應該對你講這種話。」

洪月華正想開口，聽了這一句話，也就把自己的話吞了下去。她覺得很難受，臉也紅了起來。她的頭也低垂下去。她的腳步顯得更加沉重，她的腰也更加酸軟。她站在泥土裏，好像已被黏住，無法拔脫出來。她勉強伸直了腰，望著約有半公尺遠的一簇稻頭，用力一掙，把腳拔了出來。她的腳是拔出來了，但身體卻猛晃了一下。她搖動身子想維持平衡，卻反而失去了平衡，往後一仰，整個人跌坐在泥水上。

她想站起來，但土質太鬆，反而往下沉下去。她想用手撐著，手也沒入泥土裏。她的另外一隻手還抓住竹子，但竹子卻在空中揮舞著。

「怎麼了？」

陳西林跨著大步趕過來，把她拉了起來。她的手和裙子全是泥土。

「我實在不該說那種話。」他扶她到田路上。「我叫玉蘭帶妳回去換衣服。」

「對不起，我耽誤了你們的工作。」

玉蘭燒了水給她洗澡。

他們家並沒有浴室，洗澡的地方就是在廚房的一角，沒有一點遮掩，而且現在還是白天。她猶豫了一下。

「沒有關係，我們都是這樣洗的。我來替妳看一下。」玉蘭說，就坐在門口看著。廚房裏只有一個小小的窗子，窗子一關，還可以看到外面有一些綠色的影子在晃動，大概是那些檳榔的葉子吧。

玉蘭拿自己的衣服給她換，也替她把弄髒的衣服洗好。玉蘭沒有她高，卻略微寬了一點，所以她的衣服，她勉強可以穿，只是不知道是因爲布質的關係，或者是因爲洗衣服的水質使衣服略帶一點黃色和鹼味，她穿起來，有一種奇怪的感覺，好像有什麼東西在身上爬動，尤其是脖子、肩膀和手臂。可能是太陽照射太久，這些地方都發紅了。

小腿以下，裹著的泥土一洗掉，就再露出白皙的皮膚，只是指甲裏的泥土依然洗不掉，她發現到，小腿上有好幾個地方被稻稈劃破成一道一道的紅線，有點癢癢的。

「我很喜歡妳。」玉蘭說。

「實在抱歉，我來這裏，只增添你們的麻煩。」

「哪裏。妳是我哥哥第一位到這裏來的同學。他一定很高興。我們都很希望妳以後能再來看我們。」

「今天，我就回去台北。我實在不知道什麼時候能再來。不過，今天的事，我是一輩子忘不了的。」

玉蘭帶她到房子的四周看了一下。她告訴她那些檳榔樹是十年前她哥哥剛進高農的時候勸她爸爸改種的，用以代替原有的竹圍。當時她爸爸還竭力反對，但她哥哥還列了好幾個理由去說服他。

再過了一個多鐘頭，陳西林他們也都回來了。他們已把田裏的稻頭都踩進泥土裏了。本來，她想立即趕回中部，再趕回台北。但陳西林、玉蘭他們一再留她吃晚飯。他母親還特地殺了一隻土雞，並把整隻雞腿剁給她。鄉下人的這種做法，雞腿是留給年紀最小的人吃的。洪月華又感到了臉紅。

她要吃也不是，不吃也不是。她望著碗裏的雞腿，用筷子輕輕地扒著飯吃。但陳西林的母親不許她不吃，口裏不停地說鄉下的雞一定比城市裏的好吃，拿起雞腿替她扯開，並蘸了醬油再放回她的碗裏，聲言她再不吃，就要硬塞了。

陳西林的母親也有六十歲了吧，身材矮小，但動作還很敏捷，力氣也大。洪月華就看到她一手提著一隻大木桶的餿水去餵豬。

洪月華用筷子把雞肉輕輕剔了一下，再用手指尖把雞皮扯下來放在桌上。她是從來不吃雞皮的。

陳西林一看，就用筷子把桌上的雞皮挾了過去，若無其事地放在嘴裏吃了起來。她的臉又脹紅了。

飯後，陳西林邀她到鐵路那邊看落日。

「不必了。」

「既然來到這裏，妳不想再看看？」

「我想回去。」

「那我用摩托車載妳到火車站。」

太陽剛落下，西方的天空是一片火紅。鄉下的落日，依然那麼美麗。

摩托車在田畝間疾馳而過。田裏的水反映著天空的顏色。洪月華雙手緊緊地拉住椅墊上的皮帶。她的頭就在陳西林的背部後面。車子跑得很快，風很大。應該靠近一點嗎？她一想，臉也紅了。

風吹過來，頭髮在風裏飛揚。忽然，有什麼東西飛進她的眼裏。她不停地眨著眼睛，但那東西依然嵌在眼裏，淚水不停地流下。她不敢放手，只是低下頭，用肩膀去揉著。但，越揉眼睛越痛。

她想喊他停下來，但又覺得幾分鐘就可以到車站了。也許，她可以忍耐一下。

當他們抵達火車站的時候，她的眼睛已無法睜開了，她的臉上全是淚水。

「怎麼了？」

「好像有什麼東西跑進眼睛裏了。」她帶著鼻聲說。淚水已流進鼻孔裏了。

「我來看看。」

他用手指把她的眼皮扳開。

「有一隻蚊子跑進去了。」

「很大？」

「很小的一隻，妳不要動。」他說，湊近嘴猛吹了一下，再用手指扳開著看。「好了吧？」

「好一點了。」她眨眨眼說，用手背把臉頰也揩了一下。「今天實在打擾你們了。」

「妳爲什麼老是說這一種話呢？我很高興。我實在沒有想到。我眞的很高興再見到妳。」

「以後，我再坐火車經過這裏的時候，我會想到你們。」

「以後，我看到火車經過的時候，我也會想到妳或許坐在上面，尤其是太陽快要下山的時候。」

漁家

天是灰色的。灰色的天低罩著灰色的海。雨剛停了，它將再下。浪濤捲起來，像巨大的舌頭，猛然拍在海灘上。海浪的聲音是沉悶而渾重。

南台灣頂端的沙灘上，漁人們正準備出海打漁。阿春伯父子用粗大的竹竿把漁舟抬到水邊。海浪不停地捲上來，退下去。當它們退卻的時候，把白色的泡沫撒在沙灘上，發出沙沙的聲音，沒入沙縫裏。一浪過去，一浪又打上來。

阿春姆靜靜地跟在後面。兩個小孫女把手輕擱在微蹺的船尾，一邊一個。他們把小船抬到水邊，看著浪勢，準備推進水裏。阿國把挑竿放下，轉身回來，俯身去吻他的兩個女孩。這是他當兵時所學來的新招數。

他站起來，看看母親。她露出殘缺不整的牙齒微笑著。她笑得不好看，但很和善。她的笑容一收，雙頰就陷進去，下顎顯得長長的。從前額經過太陽穴到下顎，刻滿著深淺不一的紋網。自她嫁到阿春伯家裏以來，已過了三十多個年頭。其間，除了生產以外，她總要送他出海，到現在已變成習慣了。她靜靜地站在海邊。她不必說話，他也知道她是要他早點回來。像他們這種在近海捕魚的小漁民是很少出事的。他們只知多捕一點魚。但女人們卻不同。只有他們在身邊的時候，她們才有安全感。有時候，她們看到天氣突然惡轉，連衣服也忘記收，就跑到海灘上佇望著在遠方浪裏沉浮不定的小黑點。她們望著那些黑點慢慢地靠過來，有時也會發狂似地大叫。但，就是她們喊破了嗓子也是徒然。不過這種情形很少發生，一年只會碰到一兩次。當然也有一去不回來的。

「不要忘記把那紅綵掛起來。」他們已約好，如果阿國嫂生了男孩，她就把紅綵豎在小岡上。

阿國當兵之前，她生了兩個女孩，他回來之後，又懷了一個。他們舉家希望這次能生男孩。爲了這事，阿春姆曾到各地廟宇燒香許願。

阿國站在船上，雙手握著槳把。他回頭看看兩個女孩正嘻笑地在追逐著沉入沙裏的波沫。他黯然笑了笑，如果那是男孩子該多好。老人把漁舟推動了一下，第一次失敗了。他很老練，也許力氣不濟事。他把船又拉回來，凝神看著接踵而至的波浪。他再用力一推，小船順著退卻的海水輕輕地滑進水裏。阿國搖著槳，老人回過頭來叮嚀妻子不要忘記把紅綵豎起來。她點點頭，然後拉了女孩們的手回家。媳婦的肚子已痛了兩天，產婆待在家裏，但她仍然要送他們。這是習慣。

阿國用力向前划。老人半蹲在船尾。風不停地吹著他銀絲般的羊鬍子。他六十多歲了。如果阿春姆頭胎生了男孩，頭胎孫也是男孩，他早就可以退休了。他習慣地望望天空，今天的出漁是不會太久的。船衝著波浪前進，波浪不停地沖擊著船舷，很有節奏。阿國把外衣脫下，背心緊綁著寬闊的胸膛，雙臂上隆起筋肉，不停地抽動著。他們好久沒碰到大魚了。隔壁的，昨天利用了雨歇，捕了許多魚。一下雨，魚兒就大羣游到沿海覓食。妻子快生產了。這不是頭胎，爲什麼那麼困難。她的肚子特別大，產婆說那一定是個男孩。昨天，他們整天待在家裏，等著男孩的降世。結果白等了，也沒捉到一條魚。他們不能再失去這個機會。

出門之前，阿國曾去看她。她低微地呻吟著。他把手擱在她的前額，前額冒著冷汗。她無力地望著他，顯得很虛弱。他去當兵之前，她還年輕，強壯得像一條水牛。當兵之間，她跟公公出海。太陽、海風剝盡了她的青春和活力。她整天像牛那樣地工作著，不發一句怨言。不出兩年，她變得黑而蒼老。

天上烏雲密集，越來越低。阿春伯熟稔地把「綾子」撒到海裏。浮標在灰綠色的浪濤中急激地盪來盪去。

這是一種比較原始的捕魚方法。自從汽油船出現在近海捕魚以後，他們的生活就受到威脅。但，他們不願放棄，他們相信海裏的魚兒是捕不盡的。

把「綾子」撒完之後，他們回過頭，把它拉上來。銀白色的，褐色斑的魚，掛在「綾子」上掙扎著。大的有手掌那麼寬。阿國記起他第一次出海的時候，看到叔父拉起了一條大魚，他一定要親手把它解開。那時的喜悅是純然的，沒有夾雜著一點生活的影子。

「回去吧，快下雨啦。」老人望望天空說。

「不，」阿國堅決地說。岸上紅綵還沒豎起來。幾個月來，他們並沒碰到大魚。她的身體很弱，必須調養。她前次生產，很是危險，差一點把命送了。那時，他們魚捕得少，不能讓她調養。他實在不願意她再生產，雖然他們很需要一個男孩。但，她要生一個孩子。她望著阿國，好像在向他求恕，好像不生男孩是她的過錯。雖然，她負得起肉體上的重擔，卻負不了心裏的欠疚。

他必須多捉一點魚。魚就在底下，就在「綾子」附近，只要一觸到「綾子」就逃脫不了。魚一條一條地拉上來，小艙已看不到底了。浪濤掀上掀下，猛烈地打在船舷。他又想起了妻子。那時候，他才十七、八歲，她也差不多。她一個人在海灘上撿著乾柴。他帶了一條一兩斤重的魚跑了出來，莫名其妙地把魚遞給她說：「給妳。」她嚇了一跳，把魚拋在地上，拔腳就跑。他想到那尷尬的場面，不禁感到臉紅。

「回去吧，把綾子收了。」現在輪到阿國催他的老爸了。

「不，」老頭子反而越拉越興奮了，「三十年前，我曾一次捕了這麼多。」他用食指在船艙畫了一下。「今天，看樣子，會打破那次的紀錄。以後怕不容易碰到這種機會了。」

「大家都回去了。」

「不，紅綵還沒掛上。」

他們都相信這次她會生男孩。產婆的話一定沒有錯。

豆大的雨滴開始撒在海面上。風浪越來越大。父子兩人趕緊把「綾子」拉上來。衣服都濕透了。

阿國用力划著。風迎面颳來，浪濤不停地沖擊著前舷。前面只是一片水花和煙霧。小船一會掀到浪濤頂上，一會沉入浪濤之間。面前仍是模糊的一片。海水不停地打到船裏。阿春伯用勺子一勺一勺地把海水舀出去。船舷很低，海水毫不客氣地跨進來。

「把魚扔掉！」阿國把穩著槳，一面叫嚷著。阿春伯有一種迷信，他不肯把活的魚扔掉，怕牠們回去通話，以後就捕不到魚了。

「把活的也扔掉！」

「不！」

但他們的爭執是沒有意義的。雨不停地下，風不停地颳，海水不停地捲起高大的舌頭，一次次的舔著船。阿春伯已經把所有的魚拋出去了。水桶，所有笨重的東西都不能要了。

「給我一根槳！」

「不，蹲下去！蹲下去！」

風越來越大。岸上的景物已依稀可辨。檳榔樹像巨靈的手，頻頻向他們招手。

一小時後，他們上了岸，已疲憊不堪。兩三個鄰人幫他們把小船拖上岸。他們沒有看到阿春姆，也沒看到紅綵豎起。生了女孩子？希望什麼都還沒生。

「阿國嫂已生下了男孩！」

「男孩？男孩！」父子倆一起喊了出來。他們看到說話的人很嚴肅，知道事情不妙。——難道是死了？他們的心裏不禁掠過一陣陰影。但兩人都不敢說出來。

他們回到家裏，幾個鄰居過來探望。新生的孩子，又大又肥，嘴裏含著浸過蜂蜜的棉花，拚命地吮著。母親躺在床上，很是衰弱。臉色蒼白得可怕，嘴唇沒有一點血色。她慢慢睜開眼睛，望著阿國。她沒說話，她一向都很少說話。阿春姆坐在床邊，手不停地摸著病人的頭髮。阿國進來，她連忙讓開。妻子向他微微一笑，好像在對他說，她沒什麼對不起他的了。然後，又無力地把眼皮合攏了。他握著她的手，希望她不要死去。

一條紅綵被放在床前的矮櫃上，沒有人關心它。

最後的紳士

阿壽伯決定去參加金德伯的喪禮。雖然他走路還有些不方便，金德伯卻是他六十多年的朋友。

他找出那一件白色的西裝。那是四十多年前訂製的，是上等的麻布料，現在雖然有些泛黃，熨過之後，還算平坦筆挺。

他記得，當年金德也做了一套。金德也好久沒穿了，就是還在，他的兒女也不會拿出來給他做壽衣的吧。

他也找出那一頂白盔帽，把上面的塵灰拍掉。雖然不十分新，也還可以戴，只是裏面的套子有些鬆爛了。

最奇怪的是，一直找不到那雙白皮鞋。可能是大掃除的時候，家人拿去丟掉了吧。就是要丟掉，也應該告訴他一聲。也許有人說過，他已忘了。也許沒有丟掉，還在床底下，或者在二樓的什麼地方。

本來，他可以再買一雙，應該再買一雙，既然能找出那套白西裝，就應該配上白皮鞋才對。實在沒有想到金德會死得那麼突然。

陽光從窗口照射進來。冬天的太陽並不熱，卻也可以增加一點暖和。

他穿好白色西裝，站到鏡前，前後看看摸摸，再從口袋裏掏出黑色的蝴蝶結。在冬天，穿白色西裝似乎不很合適，而且又是舊款式的。但是，金德一定會喜歡它。

四十多年前，他穿著白色西裝、白皮鞋、白帽子，從街上走過，或坐在人力車上，全街上的人，尤其是女人，都會停下來看他。尤其是他，腿部比一般人長，穿起西裝特別好看。他曾聽人說過，腿長上身短的人比較短命，現在卻活得比金德更久了。也許，他的名字也有關係的吧。

衣服是大了一點。這明明是訂製的。也許熨得太平，反而伸長了。不，是人縮小了。他聽說人老了會縮小，像一般的衣服都會縮水那樣。只是，現在縮水的，不是衣服，而是人，而且年紀越大，縮得越快，好像有一天，會縮成零。

他拄了一根拐杖走到街上。那是英國製的。以前拄拐杖，說得正確一點，把拐杖鈎在臂彎裏，是英國紳士的豪情，現在卻是支撐著身體的工具。

他還是盡量伸直身體。他的腳很長，常常引以自豪。爲了這，就是會縮短生命，他也是願意的。但是現在，褲管太長了，好像有意跟他的腳作對一般。他也想到把褲管捲起來。不，那是種田人的辦法。他一直踩著褲管。

喪禮是傳統式的。舊鎭已升格爲舊市了，卻還沒有殯儀館，是臨時用帳篷搭成的。大家都說金德伯死得太突然了。他卻不做同樣的想法。金德死得太遲了。像金德那麼體面的人，喪禮是應該在公會堂之類的地方舉行的。只是現在，公會堂已改成戲院了。

他在後面坐下。立即有人來請他，扶他到前面。他是應該到前面去的。他怎麼沒有想到？也許，他不喜歡人家扶他，也許前面鼓鑼聲太噪了。他望著金德的遺像，金德會受得了嗎？

以前，他和金德一起參加過樂隊。在當時，懂得去參加樂隊的人，全舊鎭二萬的居民中，也只不過五、六人而已。那時，金德就表示不喜歡吹打樂器。不要說口琴，就是洋簫也只是職業樂手的工具。金德說，只有弦樂器，才是紳士的樂器。那時，金德和他都是拉小提琴的。

上香之後，辦事的人過來請他回去。不，他要送金德一程。辦事的人，一再請他留步，他卻堅持要送金德。依照舊鎭的習慣，他要送到海山頭，出街的地方。他很少送人送到那裏，在舊鎭已沒有人要他送到那裏了。

到了海山頭，他才知道那邊已蓋了不少樓房，比舊街道蓋得更高。他已好久沒有到過那裏了。雖然街道是伸長了，送葬的人，還是由那裏折回來。

先是樂隊，到了海山頭，指揮隨便做了個手勢，樂手就放下樂器，其他的人，也都像出來散步一般，手一晃，身子一轉，都折回來了。在阿壽伯看來，他們都像雞拉屎一般，既隨便又草率。

他可不一樣。他走路雖然有點不方便，走得比較慢，卻不願意隨便折回。他想挺挺地站立，肩膀卻因腳的關係，一高一低，傾斜一邊。他望著遠去的靈柩，緩緩地，肅穆地行了一鞠躬。那才是禮。以前，他曾經看過一個高等官的朋友這樣做，就恍然大悟。今天，他這樣做，會不會有人學他呢？現在的人都很粗心。

遠遠看過去，棺材很低，也很小，馬路上，人車熙熙攘攘，很快把棺材遮住。金德就這樣走了。只聽到鑼鼓和鼓吹的聲音，時高時低，逐漸遠去，金德會滿意的嗎？

金德實在走得太匆忙了，什麼都沒有交代。他的兒女們，會知道他的想法嗎？阿壽伯知道，今天走的是他自己的話，自己的兒女恐怕也一樣的吧。

他久久望著遠去的靈柩，想折回去，才發現送殯的人，都走掉了。他拄著拐杖，一蹭一蹭沿著原路回去。

他已好久沒有走到這邊了。要不是送金德，今天恐怕也不會走到這個方向的吧。這不是很遠的地方，就是沒有機會，也未曾想到要走到這種地方。也許，下一次，要再走到這裏，就像金德那樣，是抬著過來的吧。

一路，人很多，路邊擺著不少攤販，也停了不少汽車。現在有汽車的人，恐怕比以前有腳踏車的人還要多吧。他看著街道的兩旁，已有許多房子改建樓房了。以前，在舊鎮有一種傳說，說舊鎮的風水是竹筏穴，洪水一來，河水高漲，四周變成一片澤國。舊鎮像一隻大竹筏，在風雨中擺盪，不可以蓋樓房。而實際上，也有人偏不相信，在街上蓋起樓房，不是家道中落，便是凶事接連。

現在，似乎已沒有人相信了。他自己就不相信，而且一直不相信。他的家屋和街道上的不同，蓋的也是樓房。不過，在他看來，街道那麼窄，蓋了樓房，總覺得要倒塌壓下來。再加上那許多五花十色的招牌，更使他感到不安。

他走過關帝廟前。

「俗，沒有比這更俗的了。」

他知道那是三先生的孫女。三先生是舊鎮最後的秀才，他孫女也讀過大學，正在那裏叫賣衣服。

「一件五十塊，連布錢都沒有！」

她一手抓著麥克風，一手把衣服提得高高的，不停地搖著，前面圍著一大堆人，忙碌地挑著。

她就這樣，把她父親賣出去的房子買了回來。全鎮的人都在稱讚她。她父親把房子賣出去，賣了三十多萬，在十年後，她卻以三百萬買回來同一幢房子。物價漲得太快，賣主又故意爲難她。從這一點而言，她是無可厚非的，但他就是看不慣女人聲嘶力竭的模樣。

她不但會叫喊，有時還需要咒罵，甚至於打架。她個子矮小，卻相當強壯，尤其是碰到一些外來的攤販遮住門口的時候，還會拿掃把趕人打人。有人說，這是母雞保護小雞的精神，爲了小雞必須拚著命鬥老鷹。現代人的小雞，就是錢吧。

以前，他就看過她被那些攤販打得眼眶黑腫，還打斷一顆門牙。結果，她還是贏了，現在，只有她家面前，沒有攤販敢去擺攤子。這是必須的嗎？以前，不要說是女子，就是男人，全舊鎮讀過大學的人也沒有幾個。以前的大學生，就是走路也不彎膝蓋的。

阿壽伯走在馬路中央。以前，走路的時候，常常引起他的困擾。英國人走左邊，法國人走右邊。日本是學英國，光復以後，又改右邊。後來，他才知道走路和開車不同，只要靠路邊走就行了，尤其是帶女人的時候，還要注意路邊讓給女人。這時候，他才想起，一輩子之間，沒有和太太在街上並肩走過。就是有時一起出門，也是一前一後，是日本式的。據說，日本的禮節都是學中國的，那時候車子少，他經常走路中央。今天他倒不是這種想法。亭仔腳都是人，馬路上也有不少車，大部分是摩托車。他看到迎面來了一輛摩托車，還點著前燈。在白天，爲什麼還開燈呢？以前，他坐人力車，不是把車子擦得又光又亮，他是不坐的。那個人，開得很快，一直向他衝過來，也許看到他無法讓開，只好不情願地繞過他，還轉過頭來瞪了他一下。「送死！」這絕對不是文明人的話。以前，他在街上走，全舊鎮的人，不向他行禮，也要讓他的路。那個人，大概是外地來的吧。

他走得不快，卻還一直踩著褲管。他想挺胸，也想把腳伸直，但只能走一、兩步，又恢復原來的樣子。有時，也有人回頭看他，但大部分的人，都好像不關心。街上的店舖，有些已由下一代的人在經營，有些已換了主人，都已不認得他了吧。他走過半截的街道，沒有碰到幾個熟人。

看著他的人，眼神都有點怪異，就好像小孩子看著七爺八爺那樣，帶著陌生、敬畏和好奇，或好像看著脖子上繫著鐵鍊的猴子那樣？這是因爲他的衣服，還是因爲他的步伐？

剛才，他在送葬的行列裏，還有其他的人擋住路人的視線。現在卻是一個人，就好像光著身體的女人吧。這叫做丟人現眼的吧？但他不在乎。不，不是不在乎，是不應該在乎，是無法在乎的。

四十多年前，他穿了這一套衣服走過街上的時候，每個人都要停下來看他，尤其是婦女。有些還低聲告訴她們的兒子說：「看那紳士？」不知有多少婦女，希望她們的情人、丈夫或兒子能像他那樣體面。她們那些兒子，現在多大了？又到哪裏去了？他們已忘記母親的話，或者根本就沒有聽懂母親的意思？

不要說這些兒子，就是母親她們，也當然不知道什麼是叫做紳士。她們更無法知道紳士有英國紳士、法國紳士，還有美國紳士。不要說一般婦女不懂，就是高女畢業的，也不一定能分辨出來吧。

他走到一家電動玩具店前面，他不喜歡那種燈光，更不喜歡那種聲音。聽了那種聲音，牙齒會發酸，心臟也會停止鼓動。他聽說這是一種賭博。他也賭博過，但方式完全不一樣。賭博就應該找幾個人，身分一樣，坐車一起到北投的旅館，靜靜地賭著，輸了不叫，贏了不笑，就是笑也應該笑在心裏。

誰像這些人，在大白天，在馬路邊，像麕集在糖罐裏的螞蟻那樣，賭得多隨便，多卑賤。他往裏面掃視一眼，有年輕人，也有中年人。從年齡上而言，這些中年人，會有當時當他穿著白色西裝從街上經過時，母親指著告訴他們的那些小孩子嗎？

他感覺到腳底下有什麼動靜。是一條淡黃色的土狗，在聞著他的腳邊。他動了一下拐杖，狗很機警走開。他覺得，現在連狗都變了。以前的狗，膽子很小，只要看到有人拿著拐杖，就遠遠地吠著，哪敢靠近？聽說，現在，連貓都不咬老鼠了。那隻黃狗，若無其事地走到電線桿旁邊，翹起一隻後腳，小便起來。小便不多，也許嚇著了。

他感到臉紅。他看看四周，看看有沒有小孩。小孩是有，卻好像沒有注意到他和狗。現在的小孩，似乎不好奇，也不調皮。以前的小孩看到他的腳，以及狗翹起後腳的樣子，一定會把他們連在一起，學著他們的樣子的。這可能是因爲現在的小孩所關心的對象不同，並非比以前更斯文的吧。

他走到媽祖宮前面的廣場邊。

「九粒一百！」

上一次，他女兒回來，曾經向那個水果販買了九個蘋果，有三個爛掉，其他六個，也都有爛斑。回到家裏打開一看，才知道被掉包了。聽說，在台北火車站前面，經常有掉包的事。他女兒以爲這個小鎮，大家都是熟人，不敢這樣。想不到這個風氣，也傳到鎮上來了。大概是跟舊鎮一起升格了。

女兒說要去換回，他說不必。她堅持要去，就是不換，也要講給他知道。起先，水果販不但不承認，還惡言相對。他說，要不是看他年紀那麼大了，她又是女人，一定要給他們好看。

女兒很生氣，說要去找警察。

「去找好了，反正我們講好了的，每個月只開三張罰單。」他說，還掏出幾張紙單出來揚著。

「你是阿添的兒子吧。」阿壽伯問他。

起先，他楞了一下。

「是呀！阿添的兒子又怎樣？又沒有欠你的錢。時代不同了，人也不同了！」

阿添是一個很老實的人，以前在公所做過工友。有一天，公所的同事請吃喜酒，阿添也在場，有人騙他說，洗湯匙的水是一種湯，阿添眞的舀起來喝了。眞想不到阿添的兒子卻是這樣。也許，眞的像他所說，時代不同了，人也不同了。

他勸女兒回去，她只是不甘心。

「不換可以，我們就站在這裏看你怎麼做生意。」

女兒的方法果然有效，只要有人來買蘋果，她就一直盯著小販的手看，看他怎麼掉包。

「你們走開好嗎？」小販半央求半恐嚇。

「你去叫警察來給我開罰單好了。」

「我給你換好了。」

「你不是說你的水果沒有壞的嗎？」

「妳到底要不要換？」

「不要換。」

女兒一點也不肯讓步，最後小販只好央求她，並多送了她兩個蘋果。

他不贊成女兒的做法。以前，他就教過她怎麼做女人，對她的舉動和言詞都有嚴格的規定。也許正如誰說過，生存要緊，生活其次。但什麼叫做生存，什麼叫做生活？現在的人，有誰吃過番薯籤，在戰時，他在社會上算相當有地位的人，幾乎每天都要吃些番薯籤呢。

阿壽伯又看到那小販，有人在挑蘋果。小販看到他，對他眨了眼，伸伸舌頭。又要騙人了？他眞想用拐杖敲他一下。不，這不是他的脾氣，也不是他的教養。拐杖，以前是用來提高身分，現在是用來撐身體的，不應該有拿它打人的念頭。

他把臉轉開。他覺得今天看到他，心裏只有不舒服。但就在他把臉轉開的時候，似乎感覺到對方的臉上有點異樣。也許是眼睛的關係。年紀大了，常常有幻視的現象。他又把頭轉過去。他又看到對方的臉。對方還是那副嬉皮笑臉。他一轉頭過去，才又懊悔起來。

今天，他已看到那小販臉上，在鼻孔下，多了兩撇鬍子。才幾天沒有看到他，他居然留了鬍子，而且除了顏色有黑白之分，兩人的鬍子是一模一樣的。

什麼意思？他在心裏叫著。學他？還是想占女兒的便宜？他好像可以聽到那小販在對女兒說：「我這鬍子，像不像妳父親？」

「小丑！」他在心裏猛叫著。「沐猴而冠！」他差一點叫出聲來。這種程度的話，聖人也可以說的吧。

他的鬍子是有淵源的。是詩人，是音樂家的鬍子。是紳士的鬍子。「你是什麼東西？」對方雙手拉開塑膠袋口，讓顧客放蘋果，自己的身體隨著腳不停抖動著。滿臉掛著調弄的神情。

「小丑！」

然而，小丑是誰？是自己？還是對方？對方的樣子，明明是在影射自己。自己眞的是那個樣子嗎？六、七十年來塑造起來的形象，就這樣被砸破了？他越想越不甘心。

回去把鬍子剃掉！阿壽伯在心裏嘶喊著。他想，他的臉色一定很難看的。不，不能剃，不能剃，剃了更是笑話。

阿壽伯回到家裏。現在他唯一能感到安慰的，就是看到媳婦的臉。他還沒有跨進門檻，就有喪家派人請他去吃飯。這是本地的習慣。他不想去，也吃不下。如果必須吃點什麼，他寧願吃媳婦煮的。媳婦也正在廚房裏，鐵鏟碰到鍋底的聲音，輕輕的，聽來相當悅耳。

娶了這門媳婦，也已有二十多年了吧。他一直喜歡吃她做的菜。這不是吃慣吃不慣的問題。

他不但喜歡吃她做的菜，而且還喜歡看她。她剛入門，他就有這種感覺。她的存在，能使他感到心緒平靜，尤其是老妻去世以後。

他雖然感到她存在，可以使他安謐，卻不直接看她。以前如此，現在還是如此的。當他兒子第一次帶她到家裏來的時候，他就有一種感覺，她將是一個好媳婦，對他兒子和對他這個家而言，都是如此。

她出身不錯，但是出身不錯的女孩子很多。她不喜歡濃妝豔抹，也不會刻意打扮。她喜歡梳得乾乾淨淨，清清爽爽。她走起路來，腳步大，身體挺直。她講話輕輕的，卻很清楚，拿東西給人家，總是用雙手，併著腳跟。

不但他，他的老伴也很疼她。她生病的時候，尤其是病重的那一段時期，更是日夜細心服侍她。她人是清瘦了，整個身子還是打扮得整整齊齊，臉上沒有一點愁苦的表情。老伴說，她比自己的女兒還要孝順。也許有了這個媳婦，老伴才能走得那麼乾脆吧。

這幾天，他有點不敢見她。但是，沒有見到她，就會感到這個日子不眞實。

媳婦曾經告訴他，他兒子選議員失敗，負了不少債，是不是可以把這幢房子賣掉。他知道這是兒子的意思。這幾天，他一直在考慮要不要把房子賣掉。實際上，他心裏很明白，如不是媳婦提出來，他是不會去考慮的。

這一次選舉，他兒子輸得很慘，只輸給最後一名當選人一百多票，主要的原因是買票買壞了。他兒子把錢交給鄰長，有些鄰長照付，有些鄰長卻私吞部分票款。選民不知，反而錯怪他兒子厚此薄彼。

他兒子，自競選落選以後，就不知躲到哪裏去了，已有好幾天沒有見到他了。這幾天，經常有人來找他兒子，都是來討債的。有人更是直接找他。

他不高興討債討得這麼急。他以前借錢給人家，都是慢慢地等，哪裏還敢向人家開口。就是等，也不能露出憂慮和焦急的表情。

他們說，如果他兒子不出面，他就必須代爲清償，否則對他兒子不利。不利？是用武力，或訴諸法律？他本來想問他們，當初爲什麼肯借錢給他，但他沒有開口。他知道，這些債權人當中，就有不少人慫恿他兒子出馬競選的。

他曾經勸他兒子不要競選。需要競選的官，有什麼好做的。要做官，還要嘶喊，還要向人討票，這和叫化子討飯吃有什麼不同？從前，他做官，是人家來請他的。他做過區長，一共管了六個鄉鎮。其中，有兩個鄉鎮，現在已升格爲縣轄市了。

他媳婦也勸他，但是他不聽。好像鬼魂附身，一句話也聽不進去。他不但不聽，反而叫她去助選。起初，阿壽伯很不贊成媳婦助選，到處拜託人家，整天嘶喊，連喉嚨都喊破。

她並沒有喊破喉嚨。她向人家講道理，說故事。有人對阿壽伯說，她講得很動人，如果出來競選的是她，很可能高票當選。

但是他兒子卻怪她，說她沒有盡力。這實在冤枉。她不但替他求神，還求阿壽伯替他求神。

阿壽伯並不求神的。有人說他不信神，其實，這是和信仰無關。他不求神，是因爲他也不求人。以前，他做區長時，曾爲區民祈求過。尤其鬧旱災時，還穿著棕簑衣出去求雨呢。那是例外，因爲那不是爲自己，也不是爲自己一家。求，不是紳士應有的行爲。

他不但沒有責備媳婦的意思，還聽了她的話。因爲，他看她祈求時的神情，完全沒有私念。他覺得，他替區民祈求時，也是這種心情。

他只是祈求，卻沒有目標。他知道，選舉就是打仗。選舉和打仗一樣的野蠻。打仗就必須分出輸贏，輸的一定很慘，贏的卻未必得意。這是他的想法。他的兒子輸了，使整個家庭起了很大的變化，這變化給他的打擊，可說比他老伴去世時更強烈。

選舉後，在表面上，大家都靜下來了。大家都很累，他是看得出來的。他也很累。

實際上，在選舉前，家人就一直怕騷擾到他，怕他身體吃不消，以至於舊病復發，也把選舉事務所設在街上。但，緊張的氣氛，還是一直圍繞著他。

落選確定之後，他兒子的臉色青白，整個人癱在那裏，一句話也說不出來。媳婦也哭起來了。女人喜歡哭，他卻很少看到她哭。老伴去世的時候，她哭過，這一次，她又哭了。

他不喜歡看女人哭。他曾經對老伴說過，她了解他。她一輩子沒有哭過，就是生病到最痛苦的時候，她流過眼淚，但那不是爲了痛苦，而是要離開人世的時候。那不是哭，是流淚。其實，媳婦也不是哭，應該也屬於流淚。英雄有淚不輕彈。他老伴過世時，他也流過淚，但那是偷偷躲在房間裏流的。他讓眼淚儘管的流，而後把眼淚擦乾，照過鏡子，看看是否留下什麼痕跡。

有些人不知道，還以爲他太冷酷。其實，別人是不知道他，不了解他的。他知道他的老伴了解他。所以他也不在乎別人有什麼樣的想法。

媳婦和老伴是不同的，因爲有好多話，他是不能像對老伴那樣，直接說出來的。媳婦能夠做到這個地步，是相當不錯的。他的女兒，恐怕也難以做到這種程度。

媳婦端著菜出來，嘴角漾著一點點的笑意。菜卻是按照醫生的指示做的。要不是她陪著他去做復健，他也不可能恢復得那麼快吧。

他瞟了媳婦一眼，媳婦低著頭，嘴角又漾了一下。他實在不敢相信，她這個人還會去做助選員。他也不敢相信她會告訴他，他兒子說要賣房子。她說，如果不賣房子，他兒子會自殺。

這是一種威脅嗎？他知道，這是他兒子要她說的。他覺得，這個媳婦就只有一個缺點，就是太聽他兒子的話。這一點，也是和他老伴不同的。

其實，不同的，不是在女人，而是在男人。他就不會逼著自己的女人去做她不願意做的事。所以說這是女人的問題，倒不如說是男人的問題。不管怎樣，現在，賣房子的問題是由媳婦提出來，他就必須認眞去考慮。

金德那邊，又派人來請他。有的拉他，有的扶他，好像沒有去就要失禮了。他們都比他年輕，也應該比他開明才對，怎麼不知道硬請人家，才是不合禮節。他想把他們趕走，卻勉強忍住了。他們不知道他和金德的交情。吃飯還需要拉，算什麼朋友呢？他客客氣氣地告訴來請的人，他已經吃飽，必須休息一下。

他想睡午覺，卻睡不著。自從兒子參加競選以來，他的睡眠就受到影響，到了最近，也更爲明顯。是因爲兒子落選？還是因爲媳婦說要賣房子？除了這以外，他實在想不出別的原因。

他一直想，卻在不知不覺之間睡著了。想睡睡不著，不想睡卻睡著了。雖然是年齡的關係，在他的感覺上，卻很不是味道。

他睜開眼睛，覺得窗外天色已轉暗。睡午覺，也不應該睡到這個時候的。他又擔心晚上睡不著。

本來，他的房間是在樓上，生病以後，才搬到樓下來。在樓上，可以眺望那一片田野，但現在，已全部蓋成公寓式的樓房了。

到了天色轉暗的時候，後邊夜市就有攤販開始營業，各種聲音，都傳了進來。本來，那擺設攤位的地方，有一條七、八米寬的圳溝，在四年前加蓋，白天變成菜市場，晚上就成爲擺路攤的夜市。

隔壁的人很歡迎圳溝加蓋，因爲他們出入只靠後門外的一條舊木橋，現在加蓋以後，面臨圳溝的後街變成店面，他們立即把一棵大榕樹砍掉，弄成幾個攤子，妯娌們也做起生意來了。

阿壽伯認爲砍掉大榕樹，是一種野蠻的行爲。在砍那棵大榕樹之前，有許多人反對，說那是樹精。他反對砍樹，卻是由於另外的理由。

最大的理由，就是他不喜歡那些攤販，自清晨到深夜，吵擾不休。圳溝加蓋，是現代的魔術，大部分的人表示歡迎，他卻自認爲是受害者。

這時，他聽到另外的一種聲音，那是電視的聲音，他的孫女回來了。這女孩，今年考取了台北最好的高中。或許是利用時間的關係，她總是一邊吃東西，一邊看電視。由於外邊嘈雜，她把電視的聲音開得特別大，尤其是廣告的時候，更是如雷灌耳。有人說，年紀大了，耳朵也不靈了。但是，他還是覺得那聲音實在太大了。她如何能忍受呢？

這小孫女，人長得很清秀，尤其是那修長的腿最像他。但是她端著碗，站在電視前吃東西的模樣，卻不像家裏的任何人。他知道媳婦曾經說過她，他自己也對她說過幾次，她是學不會，還是不想學呢？

其實，她是懂得道理的。有一次，他夾菜夾掉了，再去夾，手發抖，夾到另外一塊，她立即指責他說，挑菜是不衞生的。

他還有一個大孫子，是學醫的。他很高興，那倒不是因爲醫生會賺錢，而是因爲，所有的生意裏面，只有醫生賺錢，還要人家向他道謝。

但時代變了。上一次，鎮上就有一個醫生因漏稅，還被警察叫去，另外還有一個醫生，因說話太不客氣，被病人打了嘴巴。聽說，在外地，還有醫生被人殺死的。他是不敢相信事情會糟到這個地步。

但不管怎樣，醫生還是最理想的行業。問題倒不在這裏。有一次，大孫子在深夜裏回來，一邊吹著口哨。以前，他覺得連吹口琴，都不登大雅之堂。這還沒有什麼關係，最令他難受的是，他每次上廁所，都不關門。哪有這樣的醫生呢？媳婦說他，他還說在家裏有什麼關係。

他還記得，這孩子讀高中的時候，替學校寫信封寄成績單回家，在他父親的名字下面不塡先生兩字。他問他，他說是老師說的。

他不敢完全相信孫子的話，但是他還是不禁自問：這就是現代的教育嗎？

晚飯之後，又有人來，也是來討債的。以前，他把錢借出去，連借據都不敢要。現在，寫借據還不夠，還要開支票，支票還要請人背書。是現代人的人品降低了？實際上，現代人倒債的情況，是以前的人所無法想像的。

他知道他兒子如能順利當選，也不會發生這種事的。當選和不當選，差別那麼大？看樣子，房子不賣是不行的了。

其實，這種房子也不怎麼值錢。值錢的，倒是這一塊土地，將近六百坪的土地。但對他而言，更有意義的，應該是這幢房子。在舊鎮這樣一個地方，這幢房子算是很特別的。在街上，幾乎所有的房子，都是並排在一起的。每一幢房子依照長度，分成兩進或三進。只有這個房子，是單幢的，四四方方，又寬又大，四周圍著空地，在興建當時，著實轟動全鎮。大家都沒有見過這種房子。他沒有對任何人說過，卻是仿照法國式的建築物。那上面的紅磚，都是他親自到磚窰挑選回來的。剛蓋到二樓，他在監工的時候，就喜歡站在上面眺望。他挑選遠眺最好的地方，做爲自己的房間，經常在窗邊放著一些蘭花。一邊喝茶，一邊看著田野，或在田野裏做工的農人。有時，尤其是清晨或黃昏時分，他也到附近的田園去散步，走幾步，就回頭過來看望自己的房子。

現在，那些田地，都蓋了公寓，要散步，也沒有地方去了。那些樓房，大部分都比自己的房子高，他已無法站在窗邊看落日了。而且自從他發病之後，爲了大家的方便，已把他的房間移到樓下，他的視界也更加狹窄了。

自從他生病之後，他就常常夢見那一塊田地，和站在窗邊眺望的情景。有時，夢裏很清楚，有時卻模模糊糊，和其他的事連在一起。他也會夢見老伴。老伴剛死的時候，他也常常夢見她。後來，隔了一段時間，夢也疏了，最近又開始夢見她。

她依然那麼文雅。她笑的樣子，好像是年輕時候的笑容。他清醒的時候，他對她的容貌已有點模糊，在做夢的時候，卻反而清晰多了。

他也夢見走到田野裏望著這幢房子的情景。那是全舊鎮最特殊、最美麗的房子，像歐洲貴族的城堡。他兒子要求賣掉這幢房子。兒子還是在這個房子裏出生的，爲什麼一點依戀都沒有呢？

到了這種情況，房子是無法保住了。從二樓望過去的那一片田地，何止百甲，在不到一、二十年之間，全部變了樣，並換了主人，何況這只有六百坪，兩分地的土地。

他也想到不賣房子的情況。那頂多也只能保持到他活命的期間。他一死，它也一定會一起走的。現在，地皮太貴，這種房子已是不經濟了。它一賣出去，就必然要拆掉舊屋重蓋的。這只是時間的問題了。他雖然說不出來，卻還是感覺到媳婦在改變。但是，既然是她提出來，就乾脆答應她吧。

他媳婦拿開水進來給他，是吃藥的時間。她的眼眶繞著一層黑。這並沒有增加她的魅力，卻也沒有減少她的氣質。欠了那麼多的債不說，兒子又不知躲到哪裏去了。聽說他有個情婦。法國式的紳士是應該有情婦的。兒子除了這一點之外，一點也不像紳士。聽說，這個情婦，在競選期間，還替他出了不少力，也拉了不少票。兒子，一定是躲到她那裏去了吧。他是打電話回來和媳婦聯絡的，卻不肯告訴她他的住所和電話號碼。

這種荒唐事，他也做過，卻完全依照法國人的方式。

以前，他就讀過拜倫的詩。拜倫的人和詩，都是風流倜儻的。拜倫雖然是英國人，卻是英國的叛徒。他自己認爲，他認識拜倫，學拜倫，都是偏重於法國人的特質。至少，這是他的想法。這件事，他也自認爲做得很漂亮，他的老伴也做得很漂亮。

從結果而言，他認爲這是男人的問題。他的老伴能做得比他媳婦漂亮，是因爲他做得比兒子漂亮。

他又想起了老伴。老伴已走了好幾年了。有時候，他記得很清楚，有時候，他卻感覺到頭腦裏一片空白。

通常，女人都比男人長壽，而且大部分的夫妻，都是男的年長。照理是應該由女人留下來的。現在，留下來的，卻是他。到底是哪一種才算正常，才算幸福呢？

人總是要走的，早走慢走，總是要走的。只是一邊有人送，一邊要送人。他不應該計較那一些。有人送和沒人送，是應該一樣的。送的人要送得漂亮，走的人也要走得漂亮。這是最重要的。

老伴是走得很漂亮的。她在最痛苦的時候，都沒有叫過，甚至於呻吟過。護士小姐曾經說過，她太感動了，她沒有看過這麼堅強的女人。他能不能像她那樣呢？這正是他擔心的。

他們兩人的病是完全不同的。老伴死於癌症。她一直到臨終的時候，頭腦都還很清醒。這一點，她是幸運的。他的病是中風。他知道自己卻沒有那麼幸運。痛苦，他也許可以忍住，但神志不清，任人擺布，已不再是他的能力範圍，也不再是他的責任了。但如果可以避免，爲什麼不避免呢？

要活得漂亮，更要走得漂亮。最漂亮的走法，就是藥。他可以把那件白色的西裝穿好。金德走得太匆促，來不及決定自己的壽衣。也許樣式舊了一點，色澤也不理想，而且太寬鬆，但這卻是他最喜歡的衣服。他可以直直地躺著，也不怕弄縐它。從這一點而言，他應該是勝過金德的。

他把收藏好的藥物拿了出來，好像沒有人動過它。

他看著藥物，又想起房子。他的孩子雖然只有一個，卻還有三個女兒。他這樣一死，把房子留給子女們去處理，會不會發生糾紛呢？萬一發生糾紛，他們就會責怪他了。這樣子，也不能算走得漂亮。

實際上，目前困難最多的，是他的兒子，他應該多留一點給他。他多留給他，就必須寫遺囑。他要在遺囑上寫得淸淸楚楚，他多留給兒子，是因爲他最需要錢。但，這樣，也難稱公道。

怎樣才能公道呢？他沒有想到這是那麼痲煩。他不知道英國人或法國人是怎麼做的。可惜，他只學習過他們的生，卻沒有研究過他們的死。他實在沒有想到，死雖然只是片刻的事，卻和生同樣的不單純。

他想來想去，眞是想不出一個好辦法。沒有辦法，就是最好的辦法。他很不滿意這個辦法，卻實在沒有另外的辦法。

他把藥丸全部吞下，把媳婦給他的開水，一併喝掉。這杯開水，是他活在世間裏，有人給他最後的恩惠。他很感激，也很感動，因爲這是媳婦親自端給他的。媳婦用雙手端端正正的放在桌上。她在最困難的時候，還是不會忘掉舉動的細節。

他靜靜地躺在床上，等著。他聽到某種聲音。開始，他不懂。好像是一種狗嗥的聲音。

狗嗥，本地人叫吹狗螺，據說這是有人將死的朕兆。他不相信，也不願意世間用這種不吉利的聲音來送他。

不，那不是狗嗥。那是白天，在街上看到的，賭博機器的聲音。他知道自己有幻聽。難道他還沒有走？

他也聽到蟲鳴的聲音。這是他喜歡聽的。那些聲音，是從田野裏傳過來的。以前，在夜靜的時候，總會聽到蟲聲和水聲。現在，圳溝已加蓋了，再也聽不到水聲了，田園也蓋了許多樓房。不，那是從房屋四周的空地裏傳過來的。自從圳溝加蓋以後，就沒有水澆花，庭院裏的花草都枯死。只長著一些雜草。在屋角，還長了比人還高的菅芒。他不喜歡那些蕪雜，卻又沒有能力除掉它。從那些草叢裏，常常可以聽到蟲聲。

不，那是不可能的。自從有了夜市以後，人聲掩蓋了蟲聲。又是幻聽吧。不，他不但可以聽到蟲鳴，還可以看到鳴叫的蟲。那是一種叫做土猴的蟋蟀。他也看到他自己。

他看到他自己躺在床上。穿著一件白色的西裝。太陽正照在他身上。他的衣服那麼乾淨，他的表情那麼斯文。他還穿著白皮鞋。這正是他的死。有人在哭，不知是誰，也許是媳婦，也許是老妻。他自己卻在嘴角露出微笑。他很安詳，也很滿意。多漂亮的死！

他感覺到自己的身體，不能動彈。不要動，他命令自己。但他還是想動，想掙扎起來。他醒過來了，他發現身體壓住自己的手。他用力掙脫了手。人已完全醒過來了，他感到尿意。

原來，那是一場夢。他一直不想醒過來，卻醒過來了。那的確是一場夢。他並沒有死。

他沒有死，的確沒有死，只感到下腹部脹得厲害。他想起在就寢前，忘記上廁，他想起床，一隻腳卻沒有力。是他在睡覺的時候壓到了，還是舊病復發了？如果舊病復發，而又死不了，他將變成行屍走肉，甚至變成一具植物人，將多麼丟人現眼！他感到膀胱無法控制，尿水洩了出來。雖然，那只是一點點，已夠他丟臉了。

他摸摸褲子，只有內褲濕了一點。他注意到外褲釦子沒有扣上。如果他死了，有誰會注意到他的褲釦子沒有扣好呢？他兒子或媳婦？如果是媳婦，會替他再扣上嗎？

他再用力，勉強撐起身子，走出去小解。這時候，他又想起白天在街上看到翹起一腳小便的狗。

他回到床上，正想躺下去，卻又聽到水聲。他想沖洗馬桶，卻誤扭水龍頭。怎麼會有這種錯誤？已不是一次了。新式的馬桶，是西洋的文明，他怎麼會用不慣？他再出去把水龍頭關住，把馬桶沖掉。

他的腳有點發麻，卻不像發病。他感覺得到，他的病終將復發的。既然他無法用藥解決，就只好用其他的辦法，趁自己還有能力決定自己的命運的時候。

但是，他想了幾種辦法，都不是好辦法。都無法死得很漂亮。最漂亮的方法，還是藥。

但是，這個方法是行不通的。他不知道是藥房的人拿了假藥給他，還是媳婦把藥換走了。既然有人有意讓他活下去，他就應該活下去吧。

活，他是沒有自信的，死也是一樣。

他又躺在床上，閉上眼睛。小解之後，他感到滿身清爽。他又看到自己，穿著白色的西裝，直直地躺著。太陽從窗口照射進來，多恬靜。

祕密

一

淑芬和建仁在河堤上，已來回走過六趟了。他們並排著肩膀，中間隔著一、二十公分的距離。

建仁已抽了三支煙。他每次抽完一支，就用手指把煙蒂彈到河裏。火點在夜空中劃出一條拋物線，「嗤」地一聲，熄在水面。

十二月的夜晚，河岸上偶爾有一、兩對散步的情侶以外，很少碰到其他的人。

風從河面吹過來，漾起微波，吵啦吵啦地拍著河岸。因爲海潮的關係吧，空氣還帶有一點鹹味。風是冷的，已走了不少路，淑芬身體感覺暖煦煦的。

淑芬和建仁認識已兩個多月，約會的次數也有十六、七次了。他們去過電影院、咖啡館，建仁始終沒有對她採取比較積極的舉動。他甚至沒有說過「我愛妳」，或「我喜歡妳」一類的話。

他一直很少說話。她實在不敢相信他曾經做過汽車的推銷員，現在是汽車公司推銷部副理。

「妳的嘴唇很薄。」

他已說過五、六次了。她一直想問他，他在推銷一部汽車的時候，如何描述一部汽車的特性。也許，只要他肯說他喜歡這種嘴唇，她就可以考慮嫁給他。

她現在二十八歲，他三十六歲。年齡是可以配合的。她曾經想過，到了這種年齡，要嘛就不嫁，要嫁也不能期待什麼羅曼蒂克的情調。他卻那麼吝嗇。

她靠近他一點點。但在她不知不覺之間，他又移開了一點點。她再逼近，他又同樣移開。那一邊是河水，她眞想一手把他推下去。

他似乎沒有感覺到她的感覺，又從口袋裏掏出香煙。

「我可以抽香煙嗎？」他很有禮貌的問。

她期待的並不是這種禮貌。每次，她回家之後，就對自己說，下次不再應約。但每次他再打電話來，她又覺得無法拒絕。爲什麼呢？有時，她也會這樣自問。

「嗯。」

她已下了決心，在他抽完這一根香煙之前，他還是一樣的話，她就要離開這要命的河邊，要永遠離開他。

「妳的嘴唇很薄。」他又說，「聽說這種人最會說話。」

「會說話，跟你有什麼關係？」她在心裏叫著。

他又抽了一口煙，把煙蒂往河面一彈。

「該走了。」她在心裏叫著，腳卻一步一步地跟著。

爲什麼呢？難道是因爲今晚的月色？還是因爲她喜歡他？再不然就是她已二十八歲了？她實在講不出喜歡他的理由。也許只能說不討厭。

他，只是一個平凡的男人，而且已經三十六歲了。也許收入還不錯。此外，此外……月亮照著他的頭頂，寬大而有點光禿的前額，反映出一點青白色的光線，使他的眉毛顯得更濃更粗。

「聽說妳算盤打得很快。」

他爲什麼不說今天的月色很好呢？她不知道說她算盤打得好，是恭維還是責難她？在證券公司工作，是需要打算盤的。她就聽人家說過，證券公司的人，比銀行員更有銅臭味。他說她算盤打得好，是指算盤打得精吧。

「只有二、三級程度，還不能算好。」

眞累，這就叫做約會嗎？二十八歲的約會就是這個樣子嗎？她想轉身走開，永遠的走開。

「我可以再抽一根？」每次，他都不會忘記問她。

「請便。」

第一次她和他出來的時候，還害怕他會突然拉她的手。當時她還想著，他眞的拉她的手，她應該把手縮回嗎？現在，她覺得他爲什麼不拉她的手，這就是兩個月來的變化嗎？如果他拉她的手，會是一種求婚嗎？

但他的手，拿著的是香煙。他總是用靠近她這邊的手拿著香煙。

戀愛就是這樣無味的嗎？在兩個月前，有人替他們介紹。介紹就不能戀愛嗎？

看來，他是相當冷漠的。是因爲性格？還是因爲以前在情場上有過挫折？三十六歲了，不結婚總是有原因的吧。本來，她也想請教同事，如不成功不是多一些人知道？

「今晚的月色眞漂亮。」

聽了這一句話，她的心跳了一下。這可能是今晚唯一的收穫。

她轉頭看他一眼。他的眼睛若有所思的看著遠方，在月光下更顯得深邃而幽遠。也許是月亮的關係，不，他本來就有這樣的眼神。也許，這就是她走不開的理由吧。

「的確很漂亮。」

想不到自己的回答，也是那麼平淡。剛好碰到這麼一個機會，她卻只能說出最笨的回答。真氣人，她想著。她很想哭。

也許，她應該大哭一場才對。

自從她經過那一場挫折之後，她就決心不再接觸任何男人了。

那一年，她高三。她到同學雪菁的家，見了雪菁的哥哥。以前她也去過雪菁的家，沒有見過他。她只聽過雪菁說她哥哥彈一手好吉他。那天，她不但見到他，而且還聽到他彈了幾首曲子。回家以後，他的影子一直在她的眼前。那年，她沒有考上大學。不久，他去美國讀書。她想她唯一能接近他的辦法，就是用功讀書，考大學，而後出國留學，她還懊悔自己無端遲了一年。沒有想到，他去美國還不到一年，就跟一個洋妞結婚了。聽說那個洋妞也是被他的吉他迷住的。她把自己的處女的象徵戳破，決心不再嫁人，並放棄聯考的機會，去一家證券公司做事。她不喜歡這種庸俗的工作，卻故意接受它，算是對自己的懲罰。

後來，她漸漸覺得自己做了一件傻事，愛情應該是雙方面的。這期間，雖然也有親戚朋友替她介紹，但每次和雪菁的哥哥一比，她就無法接受。

她年齡不停增加，雖然有人介紹，卻越來越困難。有人說，這是人生最重要的時期，而她卻是一片空白。

對她而言，這就叫做挫折嗎？建仁他也有同樣的挫折嗎？男人也同樣把這種挫折藏在心中深處嗎？

「人是應該有祕密的嗎？」她一說，才覺得自己說這種話沒有什麼意思。

「什麼？」他的聲音有點吃驚。

本來，她只是問著自己，但一說出來，就好像有打聽對方的意思。

「有人說，月亮喜歡替人家保守祕密。」她以爲自己說得很好，但對方聽起來，依然會有打聽的意味吧。

「有人喜歡在月光下聽人家說祕密，也有人喜歡在月光下說祕密。這樣的祕密，說出來了，聽進去了，依然是一種祕密，妳說對嗎？」

她實在沒有想到他會說這種話。她很感動，幾乎流下淚來。她覺得今天沒有白過，甚至這一輩子也沒有白過。

「每一個人都有祕密。」

「不，不，你什麼都不必說。」她趕忙阻止他。

「那是十多年以前吧，我在鄉下教書……」

「請你不要再說下去。」

他眞的沒有說，又抬頭看看月亮，好像今天晚上第一次看到那麼好的月亮一般。只想到這裏就已足夠她感動的了。

她認爲每一個人都應該有祕密，她並不怕他說了祕密，她就必須說出自己的。她認爲把什麼事都說得一清二楚，就像一顆洗得白淨的蘿蔔。當父親說他們已交往一、兩個月，必須去查明對方的身世時，她曾經竭力反對。她認爲那種事，要比她在證券公司算股票更庸俗。

「月亮眞美。」他又把話題拉回來。

河面相當的寬，對岸有個小市集，燈光稀疏，倒映在河水，曳成一條一條光柱，隨著河水閃爍不定。河上浮著幾艘小船的黑影，輕輕盪動。

「只可惜看不到月亮投影在河面上。」

月亮在頭頂上，略爲偏後。

「那船上的人，一定可以看到的。」

「也許，我們把頭伸出去一點，就可以看到了。」她說，站在河岸邊緣，伸出脖子。

「看得到嗎？」

「還差一點點。」她說。

她以爲他會拉住她的手，讓她身子伸得更遠一點。他這個人是怎麼搞的？會是身體上有什麼缺陷嗎？如果是這樣，他爲什麼一再地約她出來？看樣子，她就是掉到河裏，他也不會伸手救她的吧。

他們再順著河岸前進，他已提到月亮，她就不肯放棄。他們走到河岸的彎角處，他們第一次走到這麼遠的地方來。但依然看不到月亮倒映在河上。

「你看。」

他們看到河邊有個小屋，一條黝黑的鋼管伸入河中，是採河沙用的管子。

「在那上面，一定可以看得到。」

她說，脫掉鞋子，走到沙灘上。她好像有一種心理，今天看不到河裏的月亮，就會倒楣似地。

「會不會把管子踩壞了？」

「我不管。」她說，走到管子上，身子晃了一下。

「小心。」他喊了一聲。「看得到嗎？」

她沒有回答，眼睛望著伸到河中央的鋼管，心裏盤算著，她一定要走到末端。不知怎麼，她忽然覺得這比看月亮更重要。她如能走到末端，一樣可以看到月亮。

「等一下。」建仁在後面說。

她回頭，看到建仁沿著鋼管趕過來。

風從四面吹來。她感到寒冷，手腳有點發抖，但她一定要走到末端。

「妳拉我一下。」

她有點不敢相信自己的耳朵。她在鋼管上輕輕移動著腳，轉了半個身，用力拉住他伸出來的手。

「現在可以看到河上的月亮了吧？」

「以前有個叫李白的詩人，想到水裏去撈月。」

「我聽說過。」

「現在，我有一種衝動，希望像李白那樣，掉進水裏。」她說，略微抬起頭看他，她在他的眼睛中看到月亮的光。

「……」

「我有一種感覺，眼睛望著月亮，一直望著月亮，仰頭倒進河裏，多美。」

「水很深，也可能很冷。」

「不，這時候，你不能說水很深、很冷一類的話。甚至於你連會不會游泳都不能問。」

「什麼都不能問？」

「什麼都不能問，愛河就是臭，依然是愛河。只要看著月亮，雖然現在已有人登陸月球，但月亮還是月亮。只看著月亮，而後仰頭倒下去。」她說。

這時候，她感覺到他手掌有汗濕，本來是她揑著他的手，現在他也揑著她，而且揑得很緊。

「什麼都不說，什麼都不問，你知道嗎？」

「嗯。」

當她的身體浮起在空中的一瞬間，她只有一種感覺，今晚的月亮顯得特別的大，也特別的亮。

二

淑芬走進急診處。急診處裏，橫橫豎豎躺著許多病人，有的在打點滴，有的吸著氧氣筒，有的包紮著頭部靜靜地躺著，也有的放聲苦叫。幾個醫生和護士，在病人中間穿梭，有的很匆忙，但也有的看來很悠閒的樣子。

香華告訴她，什麼都沒有發現。

香華是證券公司的同事。這一件事，可說完全由香華策畫出來的。

淑芬和建仁結婚之後不久，就發現建仁不是早出去，就是晚回來。有時，她有事打電話去公司找他，不是說還沒有來，就是說已下班了。

她問他，他總是隨便找個理由，支吾過去。有時，他說去找朋友，或碰到朋友，有時說去和客戶連繫。有時，就乾脆說到街上走走，或者去公園看人打拳練武。

她問過他之後，有時他也早點回家，或晚點出去。但兩、三天之後，他又恢復早出晚歸的習慣了。

「跟蹤」是香華提議的。這種提議使她感到驚恐。她認爲跟蹤和證券公司都不是屬於她這種人的。結婚還不到兩個月，就做這種事。她對自己說，也對香華說。但香華堅持非這樣不可。香華說，這一定涉及其他的女人。女人應該有這種感覺和想法，才不會吃虧。香華還說她會騎機車，願意替淑芬去跟蹤。

香華跟蹤了三次，一次早上，兩次傍晚，什麼也沒有發現。有兩次，她看到建仁從急診處那邊進去，走到外科病房，而後從後門出來。另外的一次，行程剛好相反，是從後面進去，經過外科病房，從急診處出來。雖然方向相反，路線卻完全一致。在早晨的那一次，他還到販賣部喝了一瓶牛奶，看看報紙。有一次，是傍晚，他在後門附近的花圃，看看花草。在這三次，他沒有跟任何人打過招呼。

香華說，她雖然沒有發現什麼，但一定有問題。尤其是二次的路線完全一致，應該有什麼意義才對。而且問題一定出在女人上面。護士小姐的可能性最大。香華說，有些男人，就喜歡穿著白衣服的護士。

淑芬依照香華的說法，預備先從急診處進去，走到後門，再由後門走回來，到急診處。

香華只在結婚的筵席上和建仁見過一次面，只要戴副太陽眼鏡，建仁就不會認出來。但她自己就不能這樣，只能在白天去。時間不同，情況也不一樣，可能看不出什麼，但總比不去好。香華這麼說。

當然，她自己對建仁也有點疑心。

她還記得那次在河邊散步的情形。在外表看來，他似乎不急於接近女人，甚至使她懷疑他有心理上，或生理上的缺陷。但從以後的跡象看來，他似是欲擒故縱。

當時，他還一再提起水冷、水深。她幾乎上了一次大當。她說不要問會不會游泳，他的反應，好像他也不會游泳，而且願意陪她掉進水裏。原來他還是個游泳的名將，曾經參加過省運，得過獎牌。

也許他已注意到有人在跟蹤，尤其在醫院裏戴著太陽眼鏡的女人，很容易引起人家的注目。香華說，那是不可能的，她可以發誓。

照理，她應該相信建仁。但拿建仁和香華比較，她似乎更應該相信香華。從外表上看，建仁文靜而老實，根本不像個推銷員。但他的確是個優秀的推銷員，不然怎麼能升任推銷部副理呢？

想到這裏，她實在不能放心。

本來，她也沒有注意到，但經過香華一提，她就恍然大悟了。像那一次下來，在外表上看，完全出自她的主動，但實際上，她卻是被動，像一個傀儡那樣，完全受他擺布。就是因爲這樣，她更覺得必須提防他。

想到那一次下水，簡直是一場騙局。這一件事，她沒有對任何人說過。

本來，她也沒有什麼目的。羅曼蒂克的愛，那是誰都有權利追求的。一個女人，一生只能愛一次，這有什麼苛求？但，什麼是羅曼蒂克的愛？一河冰冷的水？一河冰冷的水，的確是一種難忘的經驗。想不到卻是一場騙局。

她越想越不甘心。他送她回家。她冷得發抖，他拉著她，在分手的時候，他吻了她一下。輕輕的，她就是他的了。一句話，一句求婚的話都沒有說過。

看來他很熱情，也很體貼。她覺得他沒有什麼不對。但香華說，熱情和體貼，都是男人的武器。尤其是過度的，或突然的，都應該提防。香華說得沒有錯。

她走到大門背後的天井邊，天井裏有個水池，裏面養著一、二十條錦鯉。池邊長著幾棵高大的棕櫚，也許因爲落下來的種子，底下還長著一叢小棕櫚，形成一片袖珍型的叢林。

香華沒有提到這個水池，她也不逗留，她按照香華的指示，先走到外科病房那邊，再轉回來到中央大通道。通道上有醫生、護士、病人和看病的人，熙熙攘攘。有的病人坐輪椅，有的由人攙扶著，有的躺在擔架上，也有的自己拿著點滴。她看到有個病人，整個太陽穴凹了進去。她很害怕，忽然感到頭昏。她連忙扶住牆壁，閉上眼睛。

她站了一分多鐘，睜開眼睛，繼續往前走到販賣部。全醫院裏，依然是醫生、護士和病人，只有她一個人和裏面沒有關係似的。不，也許透過建仁，會扯上一些關係吧。販賣部的小姐長得很秀氣，再穿上白色的外套，和護士小姐完全一樣。建仁就在這裏喝牛乳、看報紙，香華說，他連頭都沒有抬起來。那他是來做什麼的？她同意香華的說法，不相信他是沒有理由的。

她在販賣部外邊站了一下，繼續往後面走。在後門那邊，有個停車場和一個籃球場。籃球場的旁邊，有一片花圃，種著各種花草。有玫瑰，也有美人櫻。光是美人櫻就有五種顏色。

她喜歡那種小花，更喜歡那種小花的鋸型葉子。她無心久停，在花圃那裏轉了一圈，依然什麼也沒有發現。也許是時間的關係吧。

她從花圃那邊折回來，看看停車場那邊，正想按照原來的計畫折回去，就在那時，她看到一小羣人急步而來。

兩個男人推著擔架車，邁著大步直衝過來。擔架車上面躺著一個人，全身裏著白色的床單。本來，她以爲是病人，正在奇怪病人爲什麼裹著全身，而且把頭部緊裹成京戲裏的首級狀。擔架車後面還跟著兩個紅著眼睛的女人。她們顯然在哭，但可能因爲走得太快，哭不出來。

她看著那一羣人，拐向側面的小通道。在邊處，豎著一塊小木板，寫著「太平間」三個黑字。

她又感覺到一陣頭昏，伸手扶住木柱，她有一種想吐的感覺。她原以爲可以找到什麼，卻遇到了一個死人。

三

「嗤！」黑蟬猛叫著。

淑芬望著窗外，對面院子裏的油加里樹已高出四樓的欄杆，蟬就在那上面吧。這似乎是今年的第一次蟬鳴，今年的夏天，似乎來晚了一點，蟬在地下已耐不住了，蟬的叫聲格外高昂。

聽說，有一種蟬在地下度過了十七年的歲月，而後爬到地上，活了三、四個禮拜，猛叫一陣，靜默地死去。

這就是生命的意義嗎？淑芬想著，回頭看看建仁。建仁躺在床上，微張著嘴巴睡著，呼吸聲輕而均勻。

他已三十六歲了，等於蟬在地下的兩倍生命。她看著他的臉，平時，額頭有三條淺紋，一睡覺就消失了。

今天是星期天，只有星期天，他不會去醫院。只有這一天，是完全屬於她的。但現在她不敢有這種自信。

她想起她去醫院的事，越想越不舒服。走了一趟醫院，什麼也沒有發現，只碰到一個推往太平間的死人。

她越想越氣，但香華説她去醫院是對的，以後應該再去。不，她在心裏叫著，她一想到去醫院，就有那種想吐的感覺。三十六歲的男人，過去沒有女人，是不可能的。香華強調説，妳必須把原因找出來。香華還説，她會繼續幫助她。

她實在不明白建仁去醫院的原因，會是去看死人？

這是不可能的，他必定有原因，這才是確實的。但，會是什麼原因呢？到目前爲止，也只有他一個人知道。

她要直接問他，昨天晚上，她就打算直接問他。她已無法忍受了。

愛情，就必須羅曼蒂克，這是女人的權利。另一方面，她的丈夫卻擁有一種不可告人的祕密。她也曾經想過，追根究柢的結果，可能傷害到雙方，但如果他眞的另外有女人，她又會擁有什麼呢？

她再看看建仁，他依然微張著嘴唇，睡得很熟，外面陣陣蟬鳴，對他完全沒有影響。她伸手想去碰碰他的嘴唇，但又緩慢地縮了回來。太陽已把窗外染成一片金黃色，他是應該起床了。她應該把話問清楚，她想著。

他爲什麼去醫院呢？不可能沒有原因的。她應該問他呢？還是依照香華的建議，不要打草驚蛇，再繼續暗中跟蹤他。但她認爲跟蹤是一種不光明的方法。而且，她也無法忍耐下去了。

「嗤！」蟬還在鳴叫。

好煩，她在心裏叫著，同時，她已舉起手來。她想打他的面頰，卻又停住。有時，她眞想用力拍他一下，她要叫醒他，問他爲什麼去醫院。

自從她知道建仁去醫院之後，她就感覺到兩人之間隔著什麼東西，就是在做夫妻的行爲時，也是如此。也許，他去醫院並沒有什麼特別的事。這是不可能的，如不是有事，誰會去醫院呢？

她拍了他一下，一下子，她覺得太輕，一下子，又覺得太重。她幾乎連自己都把握不住了。

建仁驚了一下，睜開眼睛。應該問他呢？還是不應該問他？

「呃，是妳，現在幾點？」他的眼睛眨了兩下，好像在尋索著什麼。

「八點半。」

他伸手拉了她的手。

「我想，每個人都應該有祕密。」

「妳在說什麼？妳好像有什麼心事。」

「就是夫妻，也必須擁有自己的祕密吧。」

「妳是說我有什麼祕密？妳還記得嗎？那天晚上，我一直想告訴妳一件事。」

一想起那天，她就想起建仁，比那些股票的價格更不容易捉摸。對她而言，那天晚上她眞像一隻掉進水裏的貓。他摟著她，想吻她。

「不。」

「怎麼了？」

「建仁，我想問你一件事。」

「什麼事？」

「有個朋友告訴我，時常看到你去醫院。」

「……」

「不想說，算了。」

「淑芬，有什麼不能說的。上次，我就一直想告訴妳，妳卻不讓我說，現在倒問起我來了。」

「你可以不說。」

「妳不想知道。」

「你認爲不必說的，就不必說吧。」

他告訴她，在十年以前吧，他在台北近郊的一個小鎮教書。那是一個很古老的小鎮，雖然離開台北不遠，當時急速的發展還沒有開始，居民的生活還相當樸實。他認識了一位小百貨店的女店員。他們的交往已到了議論婚嫁的地步，但女方嫌他當老師，沒有什麼出息，竭力反對這件事。

他愛她，她也愛他。他決定帶她出去，把生米煮成熟飯，家人就不能再反對了。本來，他不想告訴她，可又不想欺騙她。開始，她很怕，後來還是同意了。

他帶她到旅館。當時，他如帶她到台北的旅館，事情可能已成功了。他沒有想到她家人，也在防範。那個小鎮，只有兩家旅館，他們一走進旅館，立即有人通知她的家人，帶來了一大羣打手，把他痛打一頓之後，還告到警察局去。

雖然那女孩子已成年，那小鎮卻還是相當保守，方圓也不大，這件事立即傳遍了全鎮，他是個小學老師，爲人師表，就無法待下去了。

他立即辭職，跑到台北，替一個親戚做事。他決心把那個女人，和那個地方全部忘掉。

就在那件事發生之後半年，那個女孩子突然打電話來，說她父親要把她嫁給一個建築商人。但她不願意，她說她寧願跟他走。

她和他約好之後，叫一個親戚用機車載她。沒有想到他們在中華路發生車禍，男的當場死亡，女的也在送到醫院之後，經過五個小時，終告不治。

他完全不知道，他在約定的地方，一小時一小時地等著，等到深夜，卻沒有看到她的影子。他想著各種可能發生的事，但她既然和他約好，就應該排除各種困難來找他才對。這一次，他又感到被玩弄。他覺得這一次比上一次更過分，他罵著她。誰會想到她就在他的罵聲中嚥下最後一口氣？

他很生氣，也不再去想她。大約經過了三個月，他才聽到她的死訊。她的死，可說完全爲了他。他打聽到她曾經送到醫院，預備開刀，但沒等到開刀，就死掉了。那以後，他就經常到醫院去。他雖然也到過小鎮的墓地去找她，但滿山的墳墓，實在沒有辦法。他只好到醫院，憑弔她最後走過的那一段路。

「這就是我的祕密，實在太平凡了。」

「太平凡嗎？」

的確太平凡了，到處都可以碰到的故事，但她還是不能釋懷。他說曾經帶那個女孩子到旅館裏，這一段，她不清楚，卻又不能問下去。

「這十年來，你就沒有關心過其他的女人？」

「並不是沒有，只是……」

「只是忘不了她。」

「淑芬，我去醫院，是想忘掉她。」

「……」

「淑芬，我希望妳相信我的每一句話。」

淑芬依然沒有說話，慢慢把眼睛轉向窗外。

「嗤，嗤！」蟬又叫了兩聲。這一次，叫得更猛，更急。她看到窗外閃過一個影子，一隻麻雀追上了蟬，一口銜走了。

四

已是晚上七點鐘，建仁還沒有回來。他又去醫院了？前天和昨天，他也到了七點鐘才回來。她問他是不是去醫院，他說不是。難道他以爲把祕密公開出來之後，就可以公開地去做祕密的事？

淑芬坐在鏡枱前，把假髮戴上。

星期天，建仁把祕密說出來之後，她還以爲不會再去醫院。他雖然否定，她還是不能相信他。

以前，是香華告訴她建仁有問題，現在她寧願自己相信。

「鈴！」門鈴響了。

她再看看手錶，把假髮扶正，走到門口迎他。

他上樓梯的腳步聲，和以前一樣的重。她和他結婚兩個多月，那腳步聲都是一樣的重。太累了？雖然住的是四樓，但他只有三十六歲。回家那麼苦？也表示外邊有更多的樂趣？

她記得，父母親也不大贊成這一樁婚事。一個男人到了三十六歲還沒結婚，不管哪一方面，必然有問題的。

當然，父母還說要去打聽，她堅決反對。她說他們如果去打聽，她就不嫁。如果他有問題，她要自己去發現。她和建仁雖然是人家介紹的，她要做得像自己認識的那樣。

她打開門，把拖鞋擺好，接過他手裏的小提箱。

「謝謝。」他說。

兩個多月來，幾乎天天如此。本來，她叫他不要說這種話，太生分。他也說，她不必拿拖鞋。她說她下班比較早，先回家，拿拖鞋也不是什麼大事情，這一件事一直沒有結論。所以，一個人照樣拿拖鞋，一個人照樣道謝。但，今天，她蹲下身的時候，盡量把上身放直，把頭挺起。她覺得姿勢不自然，不知道他是否已感覺到。

「你看我的頭髮好不好看？」她不想說，卻脫口說了出來。

「嗯。」他嗯了一聲，眼睛卻沒有停留下來。

她叫他吃飯，他也叫她一起來。她想從他的聲音和動作去推斷他是否去過醫院。聲音和動作和以前完全一樣，這應該證明他去過？還是沒有去？

他吃得不多，也不挑剔，這一方面是相當容易服侍的。她原以爲他什麼都喜歡吃，只要是她弄出來的。但今天，同樣的事也可以做相反的解釋。

吃完飯，他就去看電視，這也和往日完全一樣。兩個多月來，幾乎天天一樣，一邊抽著煙，一邊默默地看著。只有教宗遇刺的那一天，他曾經叫了出來，還輕輕地罵了一聲。

她問他要不要洗澡，要不要替他開水。他說不必，天氣熱了，洗冷水就好。這表示他不願意和她一起洗。

他可能還不知道她已懷孕，她沒有告訴他不能洗冷水，是因爲已懷孕。她只說她怕冷，她本來想告訴他，但也許可以當做自己的祕密。

建仁在洗澡，她站在窗邊看著窗外，和對面院子裏的油加里樹，在空中浮起黝黑的影子。蟬聲已停了，三天前的那一隻已被麻雀吃掉了。

她又舉手碰碰假髮，假髮和頭皮的接觸，有點異樣。

有時，她也認爲讓香華去跟蹤他，未免太過分。要不是香華，很可能還有許多事被蒙在鼓裏。實際上，她相信他至少還有一件事瞞著她。

每個人都應該有祕密，她想。但有些祕密是可以忍受，有些卻不能。建仁沒有告訴她的，可以說是祕密的核心。正因爲他沒有把最重要的部分說出來，她甚至可以懷疑他的全部故事。

他洗好澡出來，有好節目就看電視，沒有就看報紙。他每天起來就先看報紙，去辦公室再看，香華還說他在醫院的販賣部看，回來又看。聽說，現在許多男人都是這樣的。

她到浴室裏開水。現在雖然是夏天，但還是把水燒得很燙。她的臉色太白，水燙一點，可以使臉色紅潤。

在沖洗之前，她把假髮先拿下來。她先用手摸摸頭頂，頭髮已全部剃掉了。下午剛剃掉的時候，頭皮很像塑膠板那麼光滑，而且還呈著淡青色。但現在，已長了一些，用手一摸，有點粗粗的感覺。

她走到鏡前，鏡子已蒙上一層水霧。她用手掌抹抹鏡面，伸出頭頂照了一下。也許是燈光的關係，也許是時間的關係，頭頂上的青色已褪了一點。但看起來還是那麼滑稽。聽說在香港，有人吃猴腦，要先把頭毛剃掉。她就像一隻被剃掉頭毛的猴子吧。

今天下午，她提早把帳務整理好，就到理髮店，叫理髮師替她剃光頭。理髮師驚訝地問了她兩次。

「剃掉，你不必問理由。我付錢，你做事。」

全店裏的人，包括理髮師和客人都轉頭看她。她只是閉著眼睛什麼都不說，要哭，回去再哭。她在心裏叫著，等理髮師剃好了之後，她從皮包裏掏出一頂假髮，在大鏡子前面把它戴好。

那頂假髮和她以前的髮型相似。剛才她問建仁，他似乎也沒有什麼感覺。也許，他根本就沒有注意到她的頭髮。至少，他是沒有感覺到有什麼異樣的。

她洗澡出來，身上只罩著一件半透明的睡袍。也許水太熱，汗還是不停地冒出來，使睡袍貼緊身體。

建仁坐在書桌前看書，又是紅樓夢。以前，她還以爲他想做個紅學的專家。他蒐集著各種的紅樓夢版本，以及專門性書籍。一個人有這種興趣，總是不錯的。她還以爲這是一種額外的收穫。至少，這是一種高雅的趣味。到了昨天，她才揭穿了他的祕密。

在聽了他的故事之後，她一直認爲他沒有把全部的事實說出來。她趁他不在，仔細檢視他的東西。他沒有記日記。她看他看紅樓夢的樣子，也懷疑到可能有文章。她翻開每一本書，上面沒有任何記號。她忽然發現有些書裏有書籤，都是放在有關妙玉的部分。她再看看染著手垢的情形，也是一樣。

爲什麼呢？爲什麼他只讀妙玉的部分。有些地方，還打著問號。開始，她不懂。後來又想到他有一本剪貼簿，裏面都是一些尼姑的畫片，是從報上和書本上剪下來的。這些照片，大部分是女明星打扮的，也有少數是眞正的尼姑。

爲什麼呢？爲什麼呢？她不停自問。

這時候，她忽然想到她在醫院裏，曾經在通往太平間的小通路口，看到推著死人進去，用床單裹著死人頭部的情形。那個人到底是男的，還是女的？從裹紮的情形看來，根本就分辨不出髮型。也許根本就沒有頭髮。

建仁去醫院，就是爲了看死人？爲了可以回憶那個女孩子送進太平間的情形？對了，那個女孩子發生車禍之後，並沒有立即死亡。聽說醫生還準備爲她開刀。以前她自己有個表嬸做腦部手術，就曾經把頭髮全部剃光。

沒有錯，一定是這樣的。

「建仁，該休息了。」她用最溫柔的聲音說，連她自己都覺得有點不自然。

「妳先休息。」

「你說我的頭髮好不好看。」

「好看，好看。」

「你有沒有看清楚？」她說，把假髮拿掉。

「淑芬……」建仁叫了一聲，人都楞住了。

「建仁，你說我這樣好看嗎？」

她閉著眼睛，聽到他推開椅子的聲音。

「妳這是怎麼搞的？」

「你生氣了？」

「我不懂。」

「你說我像不像妙玉？」

「妙玉？」

「紅樓夢裏的那個尼姑。你說我像不像她？」

「……」

「人是應該有祕密的。我不反對人有祕密，今天我只是想除去一些感情上的阻礙。」

「既然妳這樣說，我就問妳，妳在認識我之前，有沒有其他的男人，有沒有和其他的男人發生過關係？」

本來，這是她想問他的，而又不便開口，現在反而他先問她了。她感覺他的眼睛像一把刀，盯視著她的頭部、胸部和腰部。但她不加思索地說：「沒有。」

「那妳是一個沒有祕密的女人了？」

「有。人不可能沒有祕密。現在我想告訴你一個重大的祕密。」

「重大的祕密？」他的眼睛依然逼視著她。

她沒有看過這種眼神。

「你要做爸爸了。」

她低下頭，她嘴角牽動了一下。她想笑，但她知道那不是笑。

雷公點心

天送嬸把包裏巾攤在床上，慢慢抹開四角。她的手指粗而短，指甲又厚又硬，縫隙裏好像有永遠洗不掉的泥土的黃色。她把衣服一件一件放上去，再用手壓了一壓，眼淚已不停湧了出來。阿進不知趕過她多少次了。以前她都沒有哭過。

昨天，她從鄉下來。她怕阿進又趕她，本來不打算打開包袱。但她心裏很想多住幾天。

以前阿進也趕過她，但卻沒有像今天那麼兇。這都是阿雪害了她。一定是阿雪在他面前說了她壞話。不知道她說了什麼，但她說了壞話是不會錯的。

她把衣服一件一件壓下去，這樣子她好像心頭上感覺舒服一點。阿進是變了，他好像看到她就會感到討厭，她看到他就會感到害怕。

「回去，今天就回去！」阿進對她厲聲說。

她一趟路那麼遠來，總也要住三天五天。她並不喜歡城市裏，但她希望可以幫他照料一下，想不到他又趕她回去。他要她今天就回去。他的話是不容許人家不聽的。以前，阿進不是這樣子說話的。就是趕她，也說她回去鄉下比較合適，也會讓她多住一天。

阿進一向很聽話。以前就不是這個樣子。她還記得他小時候，他還敢不聽話？她也記得有一次，阿進和朋友跑到溪裏游水，有人告訴她，她拿了一根細竹子，人家用來趕牛的那一種，趕到溪邊，把他放在林投上的褲子拿在手裏，叫他過來。什麼事情都可以做，只怕水火無情，絕不能到水裏游泳，尤其是溪裏，水那麼湍急。這是天送嬸的想法。阿進光著身子，一直遠遠的繞著圈子，要她給褲子。她一氣，撲了過去，阿進一抽腳，不停地奔回家去，她拿著竹子和他的褲子，在後面追趕著，但怎麼也追不著。回去，她叫阿進跪在房間，用竹子抽了他兩下。

「雷公點心。」那時候，她常常這樣子咒他。她打他的時候，心裏疼，就這樣子咒他，她打不到他的時候，也這樣子咒他。她不會像別人罵得那麼難聽。

「雷公點心。」她猛然回憶這一句話，在口裏反覆了一次，同時又用力壓了一下衣服，雙手提一提包裹巾的對角。

「雷公點心。」她已好久沒有說過這句話了，她已幾乎忘掉了。她也記不得自什麼時候起沒有說這句話。

「雷公點心。」她越說越清楚，也越說越大聲。她說這一句話，心裏好像舒暢了一點。

「雷公點心。」

有一次，在吃飯的時候，阿進把飯粒掉在地上給她看到了，她叫他撿起來，他看了她一下，竟用腳把飯粒蹂進土裏。她一句話也不說，從門後拿出那根細竹子，猛然向阿進身上抽了兩下。她看他大腿上兩條紅色的痕，心裏很難受，不停地叫著「雷公點心，雷公點心，誰教你蹧蹋米糧。」

自從那一次，阿進就不再用腳去踩踏食物。也好像自那時候起，她就沒有再打過他。那是很久以前的事了。她是否再罵過他，她已記不清楚。但現在，她要罵他，他是她的兒子。他敢不聽她的話？她說這一句話的時候，就會想到從前，想到她在田路上揮著竹子追趕阿進，也想到她用竹子抽他的事。她想起阿進光著身子在田路上奔走，她也想起他大腿上的兩條紅痕。他一向很聽話。以前是這樣，以後也這樣。她說這一句話的時候，就會想到阿進總是那麼聽話。如果不是阿雪，阿進怎麼會趕她。現在，阿進說要把阿雪娶了進來。

「雷公點心，如果你敢娶她，雷公點心。」

「妳說什麼？」不知什麼時候，阿雪已站在她的背後。

「雷公點心。」她好像在回答，也好像對自己說。她覺得沒有回答的必要，但必須罵她一聲。阿進她都罵過，何況她只是阿進的傭人。

「什麼？」

「雷公點心。」

「什麼？」

她竟不懂。阿進就會懂。也許，她沒有聽過這一句話。但這是她以前時常說過的。她連她的話都聽不懂。雖然阿進已和天送說過，問說阿雪這女孩子怎麼樣，他也沒有給他明確的回答。不過，看樣子，阿進是很喜歡她的。但她卻不懂她的話。做媳婦的怎麼可以不懂婆婆的話？以前，她有半輩子，就是每天努力如何去聽懂婆婆的話。她覺得，婆婆比任何一個人還重要。

她雖然向天送暗示過她不喜歡阿雪這個女孩子，但天送一直沒有表示反對。天送雖然已不管餐廳的事，阿進有許多事還是聽從天送的話。如果天送說一聲不贊成，阿進也一定要娶阿雪？

她不懂天送爲什麼不反對，更不懂天送爲什麼不大贊成她到台北來。每次，她到台北來，他總勸她不要到那裏礙手礙腳。

以前，她也曾經帶了孫子來，但現在她也不肯了。她怕那些孫子們向他們的厝叔學壞了。要學好不容易，學壞就容易多了。阿進就是一個例子。

「你不能老是把有用的東西扔掉。」這是她最不能忍受的。

「沒有用的東西不扔掉，留下來占地方？妳沒看到一個房子那麼小。」

她實在不能了解，以前的人總是叫她把東西留住，現在的人卻說要把東西扔掉。

「以前，許多東西用手工做，東西少，也知道做起來不簡單，現在，許多東西用機器做，生產容易，東西多而地方小，沒有辦法，只好扔掉。」阿進脾氣好的時候，也會這樣子說明給她聽。

「妳不懂。」有時候脾氣不好，就只有這樣一句話。

「打雷公，你就走無路。」蹧蹋東西的人，和對父母不孝順的人，是一樣要遭雷殛的。也許，在城市裏，人家都躲在屋子裏，雷公也沒有辦法了。

她希望阿雪會再問她，她會告訴她這是她以前罵兒子的話。但出乎意料，她並沒有問，她好像也不很重視這一句話。很多事情都是她料想不到的。

「妳要回去了？」

難道她在趕她？回去不回去，干妳什麼事？她在心裏想著，但她順勢把包裹巾的兩角用力打了一個結，她很用力，好像要把那些衣服擠扁，也好像要把包裹巾扯斷。

「阿進叫我拿這給妳。」

每次，阿進總要拿一點錢給她。

「我不要。」

要給錢，阿進就應該自己拿給她。以前，都是阿進親自拿給她。阿雪算是什麼人，她的影子就一直跟著她，纏著她。她心裏並不是眞正不要錢，但對阿雪，她只能這樣說。

「不要？」阿雪好像看透了她的心。「阿進說要給妳的。」

「我不要。」既然說了，只好再說一遍。但這一次聲音顯然沒有第一次大。

阿雪也不理她，把錢放在床緣上。天送嬸眼睛一瞟，一百元的是給她做私房錢，另外二十元是車費。車費她可以省起來。現在中午才過，走路回去，日頭落山之前可以到家。

每次阿進都叫她坐車。說什麼時間比錢還重要。如果有人付錢叫她走路，像付工錢，她願意像到田裏工作一般，每天來回走路。而且走路也不必怕那些叫人頭暈的汽油味。這樣子，她就可以省下二十元，可以多存十元，把另外十元換成零錢，家裏那些孫子們也可以要。她想到回去，那些小孩子圍繞著她要零錢的情景。

她伸手把錢一抓，又想到阿雪。阿雪已走開了。她趕快走到門口。她常常覺得，阿雪總是在窺伺她。她不喜歡阿雪。以前，她倒不覺得，自從阿進向天送提起要娶阿雪之後，她就覺得阿雪在騙他們，也在騙阿進。她告訴天送，天送沒有回答她，她告訴阿進，阿進也沒有回答她。

阿進這孩子，一向很聽話。他自十三歲小學畢業以後，就跟天送到台北來，幫忙經營這一家餐廳。現在天送已經回到鄉下，把店交給阿進。

阿進的做法和天送完全不同。

以前天送剛到台北的時候，曾經把一個木梯子和一塊門板扛了回家。每次，他都是利用晚上店裏打烊以後的時間，徒步回去，然後又要在中午以後趕回台北來。他把有用的東西，不管大小，集在一起帶回去。

阿進就不同了。他把什麼東西都丟掉。那些紙盒、竹簍、木板，鐵罐不算，他每天丟掉的食品，實在可以備辦一桌豐盛的宴席。

客人吃剩的東西，阿雪一班傭人，沒有一個肯吃，每天三餐一定要重新煮過。她也曾經責過阿進，阿進不但不聽，反而怪她不懂事，在傭人面前說那些話。

「別人吃過的東西怎麼能吃」

「怎麼不能吃？」她反詰他。以前，他還是小孩子，不是她放在口裏嚼碎了，再吐出來一口一口餵他。

她們在鄉下，那一個女人可以和男人一塊吃飯？有時男人只吃剩一點菜湯，她們還不是澆在飯裏一起吃掉？

有時候，她也會怪那些客人，爲什麼一定要吃剩，吃不下去的，爲什麼不少叫一點，尤其是那些小姐。她們幾乎每一個人的手指都像筷子那麼長，那麼細，那麼白，吃起東西，好像怕碰到嘴唇，幾乎每一個人都會剩下來，而且總要剩個大半。

傭人既然不吃，也可以拿回去給那些孫子吃。她想，就是每天來回走六七個鐘頭，帶那些剩餘的東西回去，也合算，而她也十分願意，這比靜靜坐在家裏，甚至於比編竹笠，不知要好過多少倍。

她把這個意思告訴阿進，她知道阿進一定會贊成，想不到阿進只有一句話，不行。他好像連說明理由都不大願意。

阿進這孩子是變了。以前，他和天送一起，還不會這樣子。他不是也幫天送把店裏剩下來的東西，一批一批的帶回家去？現在，他不但自己不帶，也不准她帶回去了。

她實在不能了解，一個吃飯的地方，還要花好幾萬元去裝飾。僅僅一個燈，就要花幾百塊錢。她問他：就是一個人多讓你賺一塊錢，要多久才能賺回來那些錢。阿進卻一口回她，說她不懂。有時候，她也會想自己眞的不懂嗎？可是又想到阿進總是那麼大聲說，一定有一點道理。

阿進不但說她不懂，而且不准她到餐廳裏去。她實在不服氣。她實在不懂得那個花了幾萬塊錢裝飾的餐廳，但她總應該找一點理由來說服自己。有時，她也要看看那些男男女女的客人，想了解一下爲什麼他們吃東西和鄉下人不一樣。其實，她心裏最想的，還是想替阿進他們做一點事。她在家裏，鄰居們一有什麼事，都要叫她去幫忙。這一點她是很自負的。她可以幫忙收拾碗筷，這種事，她可以做得很好。她相信做得比阿雪那一批人好，至少她不會像她們老是打破碗碟。她也樂意做，這是她兒子的店。在家裏，人家都說她的兒子很行，賺了大錢。有時候，她也會想，如果那些東西不浪費掉，不蹧蹋掉，不是賺了比現在更多的錢嗎？

但阿進卻不要她到餐廳裏。他對她說，她可以來看他，他說妳盡管到什麼地方玩，只要不干涉店裏的事。他不要她到餐廳裏，也不要她到廚房，她來台北，並不是來玩的。她就是不能放心他店裏的事。她看到阿進和其他的廚師，把那些食物隨便一扔，有時候，看到一條魚只取那麼一點肉，其他的都扔掉，心裏實在不忍。在家裏，吃飯能澆魚湯已經是不錯的了。

他們把最好的東西，拿去給客人吃，而客人卻把它剩了下來，然後端回來，依然扔到餿桶裏。有一次，她看到整條大蝦子，那是她一輩子也沒有吃過的。她不是喜歡吃，只是心裏不忍，順手一抓，就把殼剝掉塞到口裏。她不是口饞，就是一輩子不吃那麼一條蝦子，也不會有什麼怨言，只是她心裏說，這種東西，總應該有人吃掉，而不是要扔到餿桶裏去的。

這一件事，剛好被阿進看到，他怪她不該在餐廳裏出醜。

如果不是阿進不准她到廚房，她也不會到餐廳裏。阿進叫她回鄉下去。那是阿進第一次趕她。

每次，她來台北之前，都決心不去廚房和餐廳，但都無法做到。她總是要想到，在那裏有許多東西被人家遭蹋掉。她總覺得整個餐廳裏的人都在遭蹋東西。

有時候，她也會幫忙洗菜，她總覺得扔掉太多的東西。她把傭人們扔掉的，挑回來，她們又扔掉。她們都是阿進的傭人，但關於這一件事，她們永遠不聽她的話，有時候，還會到阿進面前說她不是，尤其是阿雪。不知阿雪在阿進面前說過她多少不是。阿進會趕她，至少有一半和阿雪有關。她實在不喜歡阿雪這個人。但阿進卻喜歡她。阿進和天送出來的時候，不是也一樣的嗎？這都是這個大都市的關係，還有圍著他的那一些人。尤其是阿雪這個人。

「雷公點心。」她想，像以前在曠野追在阿進背後，大聲喊叫。但現在，在這小屋子裏，除了餐廳比較寬敞，其他的都擠在一塊，連大聲一點說話都有人會干涉。而且她不敢想阿進還會記得這一句話。就是他還記得，會有什麼用呢？他實在變得太多了。

她把衣服再壓一下，把包裹巾另一對角打結起來，再用力一絞，巴不得把它絞斷。但想到會絞斷，她的手就又鬆了。以前，她有那麼大的力氣，整個村子裏的人都稱讚她，羡慕她。但有力氣又有什麼用。而且都市裏的人也好像不需要什麼力氣。每個人都吃得那麼少，尤其是小姐們，總是吃菜配飯，有時甚至於不吃飯。這樣子怎麼會有力氣呢？而且她們也似乎怕有力氣，更怕有力氣要工作。但現在，她連絞緊包裏巾的力氣都使不出來了。

「咳。」

「誰？」

「阿進說，妳從後面出去。」又是阿雪。

「爲什麼？」

「現在餐廳裏人很多。」

阿進怎麼會說這種話，都是阿雪自己想出來的主意。我偏不。我還要看看阿進。但她又怕見到阿進，說不定眞的阿進說的。他已趕過我了，就是再生一次氣，還不是一樣。阿雪還以爲我會怕她。我怕不怕兒子，是我自己的事，那個小狐狸精，我偏不怕。至少要讓她知道我並不怕她。

她把包裏一抓，就跟在阿雪後面出來。

她打開通往餐廳裏的小門，是中午吃飯的時刻，已有不少客人。

「來坐！」是阿進和阿雪的聲音，幾乎是同時，那麼昂朗，那麼誠懇。

他們在招呼客人。因爲聲音來得太突然了，而且聲音又那麼高，她的確嚇了一跳。她還以爲是在罵她。

阿進和阿雪好像都沒有注意到她。客人已來了不少，有的還站著，有的剛剛走開的吧，桌上還擺著一些空碗筷。

阿雪走過去招呼客人，天送嬸由她的背後閃過，不想讓她看到。她想她並不怕阿雪，只是不必讓她看到。阿進在另外一個方向，她也不去看他。

剛好有一對客人站了起來，男的差不多吃光了，女的還留了不少，她看那兩個人沒有注意，突然伸手把剩下的一塊鷄腿一把抓進手裏。不是她肚子餓，她實在沒有辦法忍受。

「阿貞，快一點收拾一下。」是阿進的聲音，雖然不高，卻很堅定。

她知道阿進已看到了她。她也知道阿進在生氣了。阿進有時也用這種語氣趕她的。可能是在客人面前，不好發作吧。他的聲音雖然不高，卻不准別人拒絕的。

她在客人之間閃一閃身子，抓開珠簾，匆匆的走了出去。她不敢回頭，背後阿進和阿雪一定在狠狠的瞪著她。

秋夜

這是發生在五十年以前的事。

那年八月十六夜，也就是中秋後第一個晚上，表姨躺在床上，一直睡不著。表姨是母親的表妹，而今天是表姨丈的生日。

表姨的婆婆就睡在門邊的那頂床上。這個房間裏有兩頂床，裏面的一頂是素式的眠床，也就是只有眠床的骨架，沒有鏡子，沒有畫山水的玻璃，也沒有雕花或曲迴的那一種。這頂床對著房門，是表姨在睡。靠近門的另外一頂，是用竹子架鋪起來，就在門邊，是婆婆的。婆婆睡在那個地方，好像是設一個關卡，可以隨時監視她。

表姨是三媳婦。實際上，她的大嫂和二嫂也都有過同樣的經驗，都睡過那一頂眠床。

那一年，表姨三十八歲。那時，都還是用虛歲計算的。

婆婆三十八歲那年，公公死了，所以在媳婦三十八歲那年，就要求媳婦和兒子分床。

大媳婦如此，二媳婦如此，而現在也輪到表姨她三媳婦了。

「妳看，隔壁莊那個阿秀，人都快四十了，都快做阿媽了，還和男人睡在一起，還大肚子，眞現羞。」婆婆不知說過幾次了。她知道，這一句話也是說給她聽的。

其實，那時候，像阿秀那種人還不少，叔叔比侄兒小的，多著呢。

大嫂和二嫂都能接受這種說法。大嫂不但自己實行，還當了婆婆的耳目監視二嫂和她。二嫂在一開始也一樣，或許比大嫂還厲害。二嫂時常在她面前警告她，有時也會說些風涼話來刺傷她。

「不能再像貓公和貓母，整個晚上追來追去，哭個不停了。」

實在沒有想到，後來二嫂卻有了意外的變化。

表姨靜靜躺在床上，眼睛望著屋頂上長方形的小天窗。那天窗雖然小，透過稀疏的蚊帳，依然可以看到月光。

從前，表姨丈曾經告訴過她，中秋過後第一個晚上的月亮，要比中秋的月亮更大更明亮。那才是眞正的中秋月。去年，他還特地從學校回來，和她共度這一天。

她望著天窗，不知爲什麼，那些月光引使她感到一種類似焦慮和不安。

表姨丈在鄰莊教書。本來，表姨丈也希望她搬過去同住，她也喜歡那樣。不過，婆婆不肯，說家裏種田，缺少人手，現在又沒有分家，所以她除了要和妯娌輪流煮飯和餵豬以外，也要做田裏的工作。

婆婆還沒有睡，她知道。婆婆在翻身，然後重重地假咳了一聲。她知道婆婆要起來解手了，或許是年齡的關係，婆婆每個晚上總要起來三、四次。

尿桶就在床邊，就在兩頂眠床之間。平時，因爲已習慣，也不會聞到特別的味道。不過，一旦有人解手，尿桶一動，那強烈的味道就會衝進鼻孔來了。

她立即下床，穿上木屐出去，那並不是因爲她怕尿的味道。

已不知道從什麼時候開始了，也不知道是婆婆不要她聽，還是她不想聽那聲音。可能是婆婆不要的成分大。如果婆婆沒有那種意思，恐怕她也沒有那麼大的膽子吧。

有時，在夜間，婆婆起來解手，她已睡著，自然沒有辦法起來。但是，有時她太累了，雖然沒有睡著，也會裝睡。

不過，今天，她心裏很悶，這正好是一個機會，她可以出去透透氣，可以到稻埕看看月亮，也可以去肥窟解手。

平時，表姨不喜歡使用尿桶，尤其是婆婆在的時候。

她出去到稻埕，再走到肥窟那邊。

外邊，月亮幾乎已把四周的景物都明亮地照出來了。她可以看到屋後的刺竹和桂竹，一根一根，彎著尾梢，一直垂到屋頂上，輕輕搖曳著。屋頂是鋪著稻草的。

肥窟和豬舍連在一起，她到肥窟時，必須經過豬舍。其實，肥窟的構造，就是用來儲存豬的糞便。

她經過豬舍時，豬聽到了腳步聲，以爲有人來餵他們，就爭著起來，伸出鼻嘴嘟嘟叫著，有些比較急性的，已把嘴伸到豬槽裏面了。

她沒有點燈。那時候，在鄉下，還沒有電燈，鄉下人，可以不點燈，就盡量不點。這樣子，可以省油，也可以省事。其實，今天晚上的月光，透過豬舍的磚格子照進來，可以把裏面的情形，看得清清楚楚。

她進去又出來，她走過之後，豬舍裏面又歸於平靜。

她回到稻埕，她望著大嫂和二嫂的房間那邊。兩邊的窗子都沒有燈光。這時候，不管有沒有睡，都不會有人點燈的。

從外邊看過去，那些窗子並沒有兩樣。不過，她似乎感覺得到，在大嫂的房間那邊，在窗子背後，一直有人在注視著她的行動。婆婆那邊，似乎也一樣。

她再抬頭看看月亮。月亮還沒有到中央，天上也看不到雲朶。今晚的月亮，一點也不比去年的遜色。不過，今年似乎沒有去年那麼涼快。

去年，他曾經帶她到後壁溝那邊散步。在鄉下，這是少有的。

在鄉下，吃飯的時候固不必說，一定是男先女後，女人經常都是吃男人吃剩的，即使夜晚在稻埕上聊天，男人坐在較高的長凳上，蹺起腳來，談天氣、談收成，有時也談戰爭，女人卻坐在矮凳上，坐得遠遠的。女人很少開口，只是靜靜地坐著，頂多搖搖竹扇子，趕走兇惡的蚊子。她們能有機會和男人在一起，可能只有在自己的房間裏面了。

去年，他帶她到後壁溝賞月時，是否已預想到他們在今年就要分床？同樣是他的生日，今年和去年只差一年，一切都完全不同了。

今天早上，她帶了一些鴨肉去給他。那是他們自己養的。另外，還帶了肉的餡餅和一顆柚子，是昨天拜月亮的。

本來，做這一類的事，婆婆都叫表姨的兒子去。這樣子，可以避免他們兩個人的接觸。今天是因爲她兒子有事去街上，才叫了她自己去。她放下東西就要走。

「今天我生日，妳留下來。」

「不行。」

「那妳留一下，吃了午飯再回去。」

「不行。」

「爲什麼？」

「姨仔吩咐，在中午以前趕回去。」那時，在鄉下，還有很多人，不直接稱父親或母親，而是用阿叔或姨仔來代替父母親。

他拉了她的手。

「不要……」

「眞的不要嗎？」

「……」

她沒有回答他，一轉身，好像要逃難一般，跑掉了。

她跑了，但是，他的聲音卻還留在耳邊。還有他那種眼神，以及他拉她的手的感覺。

「爲什麼呢？爲什麼要逃開他？他不是自己的丈夫嗎？」

她從稻埕中央走到籬門邊。她可以感覺得到婆婆和大嫂的眼睛，就在背後注視著她。她停了一下，然後伸手拉開籬門。離開籬門不遠的地方，就是後壁溝了。

她走到後壁溝。去年，他和她在這裏散步，今天，這附近卻連一個人影也沒有。她順著溝邊慢慢走著。

後壁溝邊的這一條路，是通往外邊的唯一的一條路。逆著水，是到街上的路，順著水，經過一條小溪，是往平頂的方向。

以前，她自己的母親就曾經告訴過她，嫁了人，就是人家的，有什麼委屈，就躲在房間裏哭，盡量地哭，而後把眼淚擦乾。

現在，她已沒有自己的房間了，她已無法關在房間裏哭個痛快了。也許，後壁溝是一個最適當的地方。現在，這裏沒有一個人影，只有天上的一輪明月。

想到這裏，她的眼淚就不停地流了下來。她哭著，已哭得連月亮都模糊起來了。

忽然間，她想到，會不會出來太久？婆婆一定不會睡著，一定等著她回去。

她把眼睛擦一下，眼淚卻又流下來。

在白天，後壁溝很熱鬧。早晨，很多女人在這裏洗衣服，傍晚，有人在這裏洗菜，中午或午後，有水牛在泡水。

她看著後壁溝的水，她可以看到月亮的影子，在水裏輕漾著。後壁溝的水，流量不大，她卻可以聽到水聲。

她再沿著那條水溝，來回走了三趟，再把眼眶擦了一下。他就在平頂。從這裏到平頂，單程要兩個多鐘頭，如果走快一點，大概兩個鐘頭，就可以抵達。

現在幾點了？她剛才在家裏沒有點燈，沒有看時鐘。她看看月亮，月亮可以告訴她大概的時刻。

她再回頭看看家裏那邊，什麼動靜也沒有。實際上，在這時刻，一望過去，整個村子裏，一盞燈光也看不到。

她順著水流的方向走了幾步，停下來。然後再走幾步。從這裏下去，渡過小溪，再上坡，就可以抵達平頂。

路可說是白色的，在月光下一直通往前方。路上，一個人影也沒有。

她的眼睛，直直望著平頂的方向。她十八歲嫁過來，到現在已二十年了。他就在那個地方。

她還穿著木屐。路是越來越窄，也越彎曲。她脫下木屐，用手提著。

她知道這段路，時常有蛇出現，其中也有不少毒蛇。在這樣有點濕悶的夜晚，是很可能碰到蛇的吧。

「颯。」有什麼東西鑽到路邊的草叢裏。可能是青蛙，她沒有看清楚。

她停了一下，從路邊撿起一根竹子，像瞎子走路那樣，用竹子輕敲著前面的路上。霧水很重。在月光下，可以看到路邊的草，以及田裏的稻子，都沾滿了露水。露水，在月光下閃著晶瑩的亮光。不過，那一段狹長的稻田，很快的過去，前面是一片相思樹林。

要不要進去？她還記得，大概在十多年前，有一個村女在相思樹林裏上吊。實際上，在那之前也發生過幾次。聽說那裏經常有女鬼出現，吊死鬼是會抓交替的。

她回頭看看，已走了不少路了。這是到平頂去的唯一一條路。

她一腳踏進相思樹林。上面，相思樹的枝葉有密有疏，覆蓋著那一條小路。月光穿過枝葉瀉下來，有些路段，樹葉比較疏的，留有斑斑駁駁的光影。

在樹上，也是有無數的細碎的月光在閃動。從下面看過去，好像有無數的人影穿梭其間。眞的會有吊死鬼出現嗎？她放低著視線，把腳步放快。

忽然間，她在前面看到一根竹子，不，那是一條繩子，斜斜橫過小路。她曾聽說過，那種繩子就是吊死鬼的圈套，是找交替用的，千萬不能跨越過它。

她盯著那繩子，正想從旁邊的草叢繞道過去。就在那時候，她看到了那繩子似乎在發出幽暗的光。

那會是什麼？那是活的繩子？

那是一條蛇，而且從身上的亮光來看，很可能是一條毒蛇。怎麼辦？她用手裏的竹子，把牠趕開。她發現她的手在發抖。

她走了十幾分鐘，穿過了相思樹林。相思樹林的盡頭，有個三、四丈高的山崖，村人叫它土地公崁，右邊，在下面，是一條小溪。左邊，土地公崁上面，有一棵高大的樟樹，樹下有一座小小的土地公廟，沒有燈，沒有燭，也沒有香，只有一座小小的土地公廟。

那棵大樟樹，已經太老了，樹幹底部有一個大洞，在月光下，黑黝黝的，好像沒有底似的。有人說，曾經看過狐狸精跑進去，卻沒有看牠再出來。聽說狐狸精會變。如果那是眞的，那隻狐狸已是會變的狐狸精了。在這時候，她會不會出來抓人？

她眼睛盯著那個黑洞，沿著路邊，遠遠繞過去，然後稍微停下來，舉起手，望土地公廟匆匆拜了三下。

「嘩！」

就在土地公崁下，從小溪那邊，突然傳來了聲音，那會是什麼？

有兩隻鳥飛了起來。可能是暗光鳥，或者是貓頭鷹。

土地公崁過去，左邊是一個墓地。墓地裏，全是起起落落的墓龜。這裏是窮鄉僻壤，墓龜都很小，有些連墓碑都沒有，只是隨便從小溪裏撈上一塊石頭按上去。在墓龜上，或墓坳間，長著一簇一簇菅芒，在微風中輕曳著。

這條路，她不知已走過多少次了，就是不曾在夜晚走過，而且是一個人。

墓地上，有螢火蟲，像水一般流來流去。不，那可能不是螢火蟲。她曾經聽說過，在墓地，時常有鬼火出現。那一些，會是鬼火嗎？

聽說，鬼火是綠色。另外，有紅色的是土地公火。有人看過土地公火在追逐鬼火。土地公廟就在附近，土地公火爲什麼還不出來把鬼火趕走。

突然，她發現，就在身邊不遠，在一個墓龜上，有兩盞更大的綠光，並排著，一動不動地射向著她。

鬼火眞的出現了？她不禁退後一步。

不，那不是鬼火。她再仔細一看，那是一對野獸的眼睛。她看到一隻黑狗，挺挺站在墓龜上，隨時可以撲下來。她還可以看到一對耳朶豎得很高，尾巴也翹了起來，那對眼睛，在月光下，不停閃著冷光。

她正想跑開。不，不能那樣。不能讓牠知道妳在害怕。她一手提著木屐，一手握著竹子。也許她有這兩種武器，狗才不敢貿然接近她。

不吠的狗才咬人。這是一隻不吠的狗，而且是一隻黑狗。她不但不吠，連走路都沒有聲音，那才是最可怕的。只有一隻嗎？聽說，野狗都是成羣結隊的。她連忙把四周掃視一下，好像看不到其他的狗。

她挺直身子，在地上拖著竹子，一直向前走。她故意讓竹子拖出聲音來，她知道那隻狗可能還會跟著她，但是她不能隨便回頭去看牠。

過了墓地，就是下坡路，她看到從下面有什麼東西正慢慢爬上坡來。在這夜晚，好像所有的東西都不發出聲音一般。等那東西慢慢接近，她也可以聽到一點嘰嘰嘎嘎的聲音。

那是一個人，牽著一台自轉車上坡來。這是一段又彎、又不平的泥石路，白天有許多水牛放養在墓地，經常踩踏它，一碰到下雨天，就滿路泥濘，等它乾過來，就變成崎嶇不平的了。

那個人也實在來得太突然了，就好像從黑暗中冒出來一般。在這時刻，在這種地方，還突然會有人出現。其實，在她還沒有看清楚是人影之前，她害怕那是另外一隻狗，一隻更大的狗，甚至於，眞的是什麼不祥的東西。

聽說那東西，只有影子，走路腳不著地，只是在空中浮動。聽說，狗看得到那種東西。狗沒有吠。聽說，狗看到那種東西，會吠，會長嗥，俗語叫吹狗螺。

那影子移動的樣子有點怪，好像一堆黝黑的東西在移動。後來。她才知道，那是因爲推著自轉車的關係。

新的不安又來了，不，不止是不安，而且害怕。那種害怕和她要走進相思樹林不同，也和她走過墓地不同。

那是一個人，她第一個想到的人是何添丁。在這附近，擁有自轉車的人並不多。會不會是何添丁？

如果他是何添丁，恐怕要比狗可怕，尤其是這種時刻，這種地點，四周看不到一個人影。也許，比那東西還更可怕。

何添丁是他們何厝的人。他是農林學校出身，目前在街上當一名獸醫，也算是少數受過中等教育的族人之一。

那時候的獸醫的主要工作是，撮合動物交配，或幫忙動物生產，像軍用狗、馬、羊，或外國種的豬。當然，有時也給生病的動物打針、配點藥，甚至有些人還從事血清的研究和製造。這種人，有時也有忠厚的農人稱他叫「先生」，就像一般人稱呼醫生那樣。但是，有些不很尊敬他的人，也會在背後叫他「牽豬哥的」。

何添丁最得意的事是，每年集中閹割水牛的時候，把一對一對偌大的睪丸帶回家去炒薑絲，配燒酒。聽說，這是他的特權。

會不會是何添丁？

從歲數而言，何添丁可能還少她一、兩歲，算是她丈夫的族弟。

她還記得，就在半年前，日頭接近中午的時分，她到街上去賣菜回來。那時她只有一個人，挑著一對空籃子。

何添丁騎著自轉車從後面趕上來，還一邊打響著把手上的鈴子。她閃在路邊讓他過去，他從自轉車上跳下來。

「欽嫂，看看妳的頭髮，越梳越老了，那麼黑的頭髮，也實在太可惜了。」何添丁彎下腰身，再抬頭起來看她的臉。

她沒有回答，把竹笠再往下拉了一下。她的耳朵在發燒。

「妳的皮膚那麼白，是全何厝最白的。妳爲什麼打赤腳？又不是沒錢買鞋子。我知道了，妳要讓人家看看那麼白的腳，對不對？」

那時，在鄉下，不管男女，平時都是打赤腳。何添丁蹲下身，一手還扶著車子，一手正想去摸她的腳。

「你做什麼！」她把他的手撥開。

「聽說，你已和阿欽兄分床了。想不想他？」

「……」

「阿滿嬸自己守寡，還叫所有的媳婦守活寡，眞無天良。」

「……」

「大家都說，妳還那麼年輕，又那麼漂亮，不要讓那寶貝生菇喔。」他又要伸手。

「不要亂來。我要去告訴你們阿元叔公，叫他用煙吹頭摃你的頭殼！」

表姨很生氣，一直想哭。

大家都說何添丁長得好看。他長得比一般人高大，臉龐也俊秀，很多人都叫他「黑狗仙」，其實，在她看來，更像一隻癡哥狗。

這件事發生之後，表姨並沒有眞的去告訴阿元叔公。對於這，她很後悔。但是，這種事又如何去告呢？

她二嫂的事，就發生在這兩個月之後。她也想過，如果她眞的去把何添丁的事告訴阿元叔公，二嫂的事很可能就不會發生了。

那一天，村子裏的人到山上去撿柴，有男有女，一共十幾個人。二嫂本來個子不大，力氣也小，一直落在隊伍後面。這本來也是平常的事，沒有人懷疑。後來，大家發現，何添丁也不見了。有人折回去看，看到二嫂把竹笠取下來，坐在一塊大石頭上，雙腳垂下來。何添丁就站在她的前面，兩個人靠得很近。回去看的那個人還說看到何添丁用手摸著二嫂的臉。

「我沒有做什麼。我的臉被蚊子咬了，他替我抹沃度丁幾。」

那是事實。大家都看得到她的臉上有個小紅點，也有抹過沃度丁幾的痕跡。大嫂把這事告訴婆婆。以前，二嫂是監視人的，現在變成被監視的人了。婆婆還當面責罵二嫂：

「人都四十幾了，臉有那麼嫩嗎？隨便讓男人摸著玩，妳也眞是……」

其實，二嫂只差大表姨一歲，是虛歲三十九，婆婆故意說她四十幾。

這件事就好像這樣過去了，眞想不到三天後竟發生了一件更大的事。那天晚上天黑之後，有人看到他們兩人在田尾幽會，後來還一起走進阿福伯他們的草寮。

表姨很了解二嫂的心情。婆婆把二兄叫了過來。

「這件事，你好好給我辦！」

二兄狠狠地打了二嫂兩個巴掌。二兄力氣很大，二嫂又長得細小，被打了兩下，人踉蹌了幾步，也就倒在地上了。

那天晚上，二嫂吃了露藤，差一點死掉，幸好早點發現，用餿水灌她，才把她救活過來。現在，二嫂一個人在家裏吃齋，很少單獨外出。

那件事發生之後，約一個禮拜的晚上，何添丁從街上回來，在半途遭人襲擊，一隻腳差一點被打斷。有人猜測，那是二兄做的，也有人說是二兄叫別人幹的。何添丁可能認識那些人，卻絕口不說。

到底是狗可怕，還是人可怕。她回頭看看，那隻黑狗已不見蹤影了。原來，是狗怕人。

那個人牽著自轉車從她身邊經過，轉頭看她一眼，很快地消失到路的另一端。她不認識那個人。但是，他看得很清楚，他不是何添丁。

她正想往前走，雙腿卻有一點發軟。剛才，她碰到蛇，碰到狗的時候，都沒有這樣。如果那個人是何添丁，她也實在不知怎麼辦了。

她往下走了一段坡路，走到小溪邊，跨過溪裏的踏石，再爬了一段相當長的坡路，終於到達平頂莊。也許她走得太快，又是爬坡，這時她已滿身大汗了。她用手背把額頭揩了一下。

平頂是一個小村莊。只有一條短短的街道。街道上冷冷清清，一個行人也沒有。也沒有車輛，只有遠遠豎著幾盞昏黃的路燈，在燈罩下，有幾隻小蚊子繞著燈光飛來飛去。

已很晚了吧，街上那些屋子的門，都緊緊關著，還有一、兩家的門縫，露出一點暗淡的燈光。她又抬頭望了望天上的月亮。

今天是他的生日。不知道他是否和誰在慶祝這個日子，或者早已睡著了。她再把額上的汗水揩了一下。

有人說，他和學校裏的一個女教師很接近。那會是眞的嗎？在那個時代，一個男人要擁有妻子以外的女人，也不是什麼不尋常的事。

她往學校的方向走。有一隻草灰色的貓，不慌不忙地穿過街道，從亭仔腳的黑暗中出來，走進另一邊的亭仔腳的黑暗中。

她走到學校旁邊的日式宿舍門口，把手中的竹子靠放在門柱上。她手裏還提著木屐，一雙腳全都沾滿了露水和泥灰。

宿舍裏面暗暗的，一點燈光也沒有。他已睡覺了，或者出去沒有回來？

「他眞的會去交女教師嗎？」

「篤、篤、篤。」她輕敲了玻璃板門，她的心急激地跳著。

沒有人回答她。他會不會責備她這麼晚來找他？

她沿著房子的周邊，走到側面的浴室，先把腳洗乾淨，穿上木屐，再走回玄關那邊。

「篤、篤、篤。」她再敲門。

依然沒有回答。

她把門輕輕扳開一點，從門縫往裏面看。裏面沒有燈光。

應該進去嗎？以前，婆婆還沒有叫他們分床之前，她也來過這裏。和那時的感覺，是完全不同的。

她再用力把門敲了一下。依然沒有回答。

她把門板扳一半，側身進去。裏面沒有人。她走到臥房，那裏沒有鋪被，也沒有掛蚊帳。

「眞的不在了？」

她走到靠近後院那邊的緣廊。她看到了一個影子，靜靜地坐在那裏，好像和尙在打坐一般。

她完全沒有想到。那個人，有一半照著月光，上半身的一半是在陰影中。他的前面放著一個小几桌，桌上放著一瓶紅酒，一個小酒杯，一盤鴨肉，一堆花生，兩個餡餅，和一顆柚子。鴨肉、餡餅和柚子，不是早上她由家裏帶來給他的嗎？

「是妳。」他半轉身子說。

「嗯。」她低聲應了一下。

「妳來做什麼？」他並沒有責備的口氣。

「……」

「姨仔知道妳來？」

「不知道。」

應該知道的，她在心裏想著。

「一個人來？」

「嗯。」

「妳眞好膽。」

「……」她感到耳邊一直發熱。

「妳過來。」她又看到了他早上那種眼神，一股強烈的目光，從她的頭頂上、胸部、腰身，一直傳到腳尖。

她坐下。她把衣領拉了一下。她這才想起，身上只穿著粗布衫。

「再過來一點。」

她好像已沒有辦法抵抗。

「妳也喝一杯。」他把酒倒進杯子裏。

「我不行。」

「我知道妳很會喝。妳做月內，酒當茶喝，喝了不少酒，幾乎一個禮拜喝了一甕。」

他說，把酒杯遞給她。

她一飲而盡，把酒杯遞還給他，頭也低下去了。

「妳很會喝。」

「今天是你的生日。」

「爲了我的生日，妳走了那麼遠的夜路來這裏？」

「嗯。」

「妳流了不少汗。」他拉了她的手。她的手有點發抖。結婚那個晚上，他第一次拉她的手，她也發抖，發抖得更厲害。

「我，我來剝柚子。」她說，伸手去拿柚子。

「傻瓜。」他用力把她整個人摟了過去。「我要先剝妳的柚子。」

「不要，不要，不要。」

「不要，那妳來做什麼？」他依然沒有責備的意思。

但是，聽了他的這一句話，她再也忍不住了，眼淚不停地湧流出來。

她慢慢地站起來。

「妳去哪裏？」

「我回去。是你叫我回去。」

「傻瓜。」

「我怕姨仔她……」

「姨仔她，我來承擔。」

「眞的？」

「當然眞的。妳過來。」

「我，我……」

「妳在發抖。」

「我害怕。」

「妳是傻瓜。」他再把她抱住。

「不要，不……」

春雨

星期天，天氣很冷，雨也下得很大，我和往常一樣出去爬山。

我是坐小型公車上山的。這一路的幾個小型公車司機，都很友善，也很風趣，一路說說笑笑，有時還停車和路邊的熟人打個招呼。這種情形，一般的公車是不可能看到的了。

車子裏有十七、八個人吧，除了幾個出來爬山的人以外，大部分是到市場來採購，要回山上去的。

雨打在車窗上，從前面，或從側面，一陣陣猛打過來。車窗已蒙上一層水霧，有些地方有人擦過，可以看到窗外的景色。

車子駛到政大，從車窗往外看，可看到有幾個人在等車，有的穿雨衣，有的撐雨傘，有男的，也有女的。有一個五十多歲的男人，跟在後面上來，在胸前，用揹巾揹著一個小孩。小孩的頭是裹在揹巾裏面，只可以看到小小的帽頂，另外有兩隻小小的腳露出在揹巾外面輕盪著，腳上穿著乳白色的毛線襪子。

那個人很面熟。從他眉間那顆幾乎有半公分大的黑痣，我立刻認出來，他就是以前在我們舊家附近開一家小雜貨店的安民。

我坐在後面。本來，我想叫他，但是，車子裏面相當擠，而他一上來，前面就有人讓座給他。

我們搬離舊家，也已快二十年了吧。雖然，他的頭髮又脫落不少，而且長出許多白髮，我卻依然認得他。

安民姓蘇，我們都不叫他的姓，只叫他安民。一般，小孩子都叫他安民伯或安民叔，也有少數人叫他老闆。但是，叫他老闆，他都不直接回答。

我還記得，我們離開舊家時，那附近，雖然是在市內，卻還有一些水田和竹叢，一條灌溉用的水溝貫穿其間，到了晚上，有時還可以聽到蛙聲。

安民他們開的雜貨店，就在竹叢下的水溝邊，那個地方，蚊子很多，到了晚上，路燈一亮，除了蚊子以外，還有許多小飛蟲，繞著燈光不停飛舞。聽說，現在那些田地已填埋起來，蓋了林立的大廈了。

我們不叫他的姓，是因爲他是入贅過來的。他的妻子姓林，叫林素貞，我們都叫她阿貞。阿貞是那家雜貨店的老闆阿土伯的獨生女。

當時，阿土伯還是以種菜爲業。除了那一家小雜貨店以外，他們在那附近還有一塊兩分不到的菜圃，算起來也有五、六百坪。那塊地，生產有限，而那時候，雖然房地產也有波動，卻還沒有到飛漲的程度，他們一家人的生活，主要還是靠那一家雜貨店來維持的。

我也還記得阿貞那個女人。當時，她還不到三十歲，她的身材細瘦，有點扁平，臉色有點蒼白，下巴尖尖的，眼睛大，有點凹進去，時常眨個不停，好像有點神經質。可是爲了工作的方便，她的頭髮燙得很短。不管怎麼看，她都不能算是一個很迷人的女人。但是，她待人親切，動作敏捷，計算價錢快而正確，還經常去掉零頭，在附近的風評相當不錯，生意也算是相當興旺的了。

因爲她是獨生女，阿土伯堅持要招贅，她的婚事就這樣耽擱了下來。

阿貞和安民的婚事，是透過孤兒院安排的。聽說，這也是阿貞的舅父全力促成的。他說，一般的男人不肯入贅。孤兒由於身世可憐，比較不會挑剔，要找個老實可靠，而又肯吃苦的人，也比較容易。何況，他有一個朋友在經營孤兒院，對於那些孤兒的性格也比較淸楚，而且可以仔細挑選合適的人。安民便是院長親身推薦的。

安民是個棄嬰，父母是誰，沒有人知道。有些棄嬰，他們父母爲了將來認領的依據，有時還留個名牌，或一封信，或一件信物。至於安民，卻什麼都沒有。也就是說，他的父母已完全沒有考慮到將來認領的事情了。安民是院長給他起的名字，他姓蘇，其實蘇是院長的姓，那些身分不明的孤兒，全部都姓蘇。

安民在孤兒院長大，到了十五歲，就離開孤兒院，到一家雜貨店去當送貨員。他爲人老實，入贅到林家，可說是相當理想的人選。

安民入贅以後，工作很賣力。我們時常看到他穿著短褲和拖鞋，踩著一輛後面裝有一個鐵架的中古腳踏車，日夜不停，到處去送貨。我們住在四樓，經常看到他一口氣跑了上來，急喘著氣，用手背把額頭的汗揩掉。

他們夫妻兩個，在外人面前似乎很少說話，看來更像是老闆和伙計。不過，我們也看過打烊以後，他們夫妻相偕出去吃宵夜，他們的感情應該是很不錯的。我們也知道，阿土伯對安民也很滿意，很信任他。他們唯一感到不滿的是，結婚幾年，一直沒有孩子。

當時，因爲阿貞的身體看來虛弱多病，大家都以爲毛病是出在阿貞身上。我們也不知道，當時阿貞他們是否去找醫生檢查過。

我還記得，有一天，我到他們雜貨店去買香煙，阿貞剛好不在。我看到安民在竹叢下撿了一個人家丟棄的破碗，俯身到門前的水溝舀了半碗不到的水，而後再放回竹叢下。那時候，水溝的水還是相當清淨，水溝裏還長著鮮綠色的水草，在水裏漂曳著。有時，我們還可以看到小魚在那裏追逐。

他看到了我，怔了一下，好像小孩做了壞事被大人撞見到一般。當時，我心裏有點疑惑，也有點不安。他在做什麼呢？會是什麼法術嗎？我直覺到，不管什麼，一定和生小孩有關。說不定是一種求孩子的儀式。我知道，阿貞就時常到各地廟寺去行香，祈求孩子。

「你看，這一條小水溝，水從很遠的地方流過來，也流到很遠的地方去。只要水不斷地流著，小水溝就不會乾掉。但是，裝在碗裏的水，是不流動的。它沒有來源，所以很快就會乾掉。我試過好幾次了，不會超過一個禮拜。」

「呃。」我應了一聲。

那時候，我並不了解他的意思。但是，我總覺得，他的話一定有什麼含意。我實在沒有想到，一個很普通的人，卻有一般人沒有辦法了解的一面。

「你是說……」

「唉。」

他沒有直接回答我，我也不便追問。

就在這一件事發生之後不到一年，也就是我們搬離舊家之前一年多，阿貞家裏發生了一件很不幸的事。安民竟和附近理髮店一個叫阿菊的理髮小姐有了關係。

有人說他「賺了一個家，也賺了一個老婆，還不滿足，實在不應該。」

有人說他「飼老鼠，咬布袋。」

有人說他「恩將仇報。」

有人說他「那麼老實的人也懂得風流。」

有人說他「不孝有三，無後爲大。」

「阿菊說，她願意爲我們生個孩子。她說，孩子一生下來，就給我們報戶口，當做是我們親生的。」安民對阿貞解釋說。

那時，我想起安民用破碗舀小水溝的水的事。我似乎可以找到它的答案了。安民是個孤兒，不知道自己的父母是誰。而現在，阿貞又不生孩子。他的生命，不知來源，也接不下去。一旦，他自己的生命結束，他的命脈就完全斷掉，像那些裝在破碗裏的水，什麼也不留下來了。

「你在說什麼？」阿貞說。

我們住在舊家那邊，有七年多，從來就沒有看到阿貞發過脾氣。這一次，從外表上看，她好像也沒有生氣。但是，我們似乎可以預感到，有什麼重大的事情就要發生了。

「……」

「你出去。」

「阿貞，原諒我。這是我的錯。以後……」

「沒有以後了。」

「阿貞……」

「你出去，不要再回來。你自己的東西，全部可以拿走。」

阿土伯也來勸。我們都知道，阿土伯很看重安民。但是，這一次，阿貞一點也不讓步。

安民出去了兩天，第三天又回來了。很奇怪的是，阿貞沒有再趕他。他和以前一樣，繼續踩著腳踏車出去送貨，從表面上看，似乎和以前完全一樣。只是從這一件事發生以後，我們再也沒有看到他們兩人一起出去吃宵夜了。

差不多再經過三個多月，理髮小姐阿菊也走掉了。阿菊好像也沒有懷孕的跡象。有人說，阿貞不生孩子，問題可能在安民那一邊了。

也許這些事，使阿貞的態度，有了根本的改變。

大概是在阿菊離開之後一個月的光景，有一天，阿貞對安民說，她要去南部。她沒有說去南部做什麼，也沒有說去南部什麼地方。安民也沒有問她。

過了幾個月，阿貞的肚子突出來了。她人很瘦，很容易看得出來。開始，大家以爲是安民的。但是，另外有人說，這是阿貞去南部帶回來的禮物。這是否是事實，沒有人確實知道。

當然，有許多人不相信阿貞會做那種事。有人說，這是很有可能的。安民犯規在先，怎麼能怪阿貞。有人說，安民是男人，安民可以，阿貞就不可以。有人說，他們林家，阿貞才是主體，至於孩子是不是安民的，反而不重要。有人說，阿貞這樣做，是爲了報復。也有人說，阿貞這樣做，是要讓安民知道，不生孩子的責任不在她。

在表面上，安民似乎沒有什麼特別的反應。當然，他是沒有什麼立場的。有人說，安民曾經表示過，阿貞的孩子就是他的孩子。這一句話，似乎說得不夠清楚，不過，我對這一句話的確實性，還是有些懷疑的。

不久，阿貞流產了。聽說，那是個男嬰。大家都相信，流產的原因，是因爲她身體太弱。流產以後，她的身體似乎更加虛弱了。有一次，我還看到她怔怔地坐在店裏，好像還認不出我。

過了兩、三個禮拜，我們搬走了。以後的事，我們也不很清楚。

「到了。」車內，有人喊著。

車子已到了樟湖。這一路小型公車，有兩條線路，一條到貓空，一條只到樟湖。

安民還坐在那裏，有人告訴他這是終站。雨下得很大，他撐著一把黑色的雨傘，在那裏東張西望。看來，他好像還弄不清楚應該往哪一個方向。

「安民。」我一下車，就湊前叫他。

「呃。」他轉身過來，看了看我，好像一下子就認出了我。外邊很冷，他一開口，吐出來的氣，就變成白霧。

「你去哪裏？」

我看著他的臉。也許，因爲他經常在外邊送貨，臉色還是黑褐色，不過帶有一點黃色，眼睛下面也有點浮腫的。是年齡的關係？是雨水的關係？還是太累了？

「我去貓空，好像坐錯了車子。」

「這班車只到這裏。我也經過貓空那邊，我們可以一起走。」

「很遠嗎？」

「走路，只要二、三十分鐘。不過，雨是下得太大了。」

我們穿過短短的一段樹蔭路，走到上帝公廟的廟庭。廟庭上面，蓋著一個大篷蓋，供人歇腳。安民放下雨傘，走到廟前，合手向內殿拜了幾下。他在揖拜的時候，臉是朝下的，好像有點怯怕的樣子。

我站在旁邊看他，他穿著一件淡綠色的短外套，就是美軍穿的那一種，還有頭罩垂在背後。下面穿著深藍色的西裝褲，下半截的褲管全都濕了。那一雙舊皮鞋，也已全濕了，走動的時候，還從線縫冒出水泡。

廟庭中間放著一個方型供桌，前面有一個跪墊，在供桌兩側各放著一個長方型的大木桌，木桌四周，放著長木凳，是供人休息用的。木桌和長木凳都漆著紅漆，已有些脫落了。廟內燈光不很明亮，只看到兩根點燃的紅蠟燭，燭光輕輕搖動著。

「來坐，來飲茶。」有個六十多歲的老婦人，笑面迎了出來。

「有滾水無？」安民問。

「有，有。」

「我來泡一些牛奶。」安民說，解開揹在胸前的小孩，再從小袋裏拿出牛奶粉和奶瓶。用開水沖泡了半瓶不到的牛奶。

那是個男孩，可能還不到滿歲，臉是白白胖胖的，因爲揹巾中的暖氣，他的臉頰好像塗了胭脂一般，漲得紅紅的。他那黑而亮的眼睛，張得大大的。他在揹巾中一點動靜也沒有，我還以爲他是睡著的。

「阿仁。」安民用手指撥弄了他的嘴角。

他笑了，咯咯咯地笑出聲音來。

安民先把孩子抱到溝渠邊，屙了尿，再抱回來，把奶瓶再搖幾下，塞進小孩嘴裏。他的動作迅速而熟練。小孩的嘴動得很快，一下子把那半瓶不到的牛奶統統喝光了。安民替他揩了嘴，他又咧開嘴笑了起來。

安民捏了捏孩子腳上的襪子，看看襪子有沒有濕。

「是孫子？」

「不，應該算是兒子。」

「阿貞她的？」我雖然這樣問，心裏卻有疑惑。

「不。阿貞已經過世了，過世很久了。」

「呃。」

那就是安民再娶了？但是，我並沒有問他。

根據安民的敍述加以推算，我們離開舊家之後還不到一年，阿貞就去世了。

「她的身體很不好，又受了那麼大的打擊。」我是指流產的事。

「她很後悔那一件事。」安民忖思了一下。

安民指的是阿貞到南部去的那一件事嗎？從這一句話來推論，那件事卻是眞的了。但是，不管如何，安民是不應該這樣說的了。他實在沒有資格說這種話。也許，他認爲，每一個人都知道這件事，還包括我。

「她臨終時，對我說了一句話，不一定自己生的，才是自己的孩子。她雖然沒有說得很淸楚，我卻可以了解，我自己就是一個沒有父母的孤兒。但是，我還是有人養大。我的父母就是蘇院長。他並沒有分小孩子是不是自己生的。這個小孩，是我領養的。」

「從孤兒院領養的？」

「對。他是個孤兒。他和我一樣，不知道出生在什麼地方，也不知父母是誰。我們一樣，沒有生日，也沒有籍貫。阿貞臨終的時候說，不一定自己生的，才是自己的孩子。當時，她太虛弱了，沒有說得很清楚，我卻了解她的意思。以前，我們都太重視自己親生的才是自己的孩子這種看法。人的生命不是一碗水，也不是一條水溝。阿貞死了之後，我就到孤兒院去領養了一個孩子。這個孩子，現在已二十歲，高職畢業，就要去當兵。他當兵回來之後，要跟我也可以，要自己出去打天下也可以。話雖然這麼說，他要是眞的出去，我會很孤單。所以，我就再去領養第二個，就是這個小孩。依照我的能力，是應該可以多養一、兩個的。生孩子有限，領養孩子卻不受限制。以前我怎麼沒有想到？以後，我要縮短時間，也許，五年可養一個。阿貞一定會贊成的。」

我聽了他的話，很吃驚。二十年前我們還在舊家時，他曾經用一個破碗舀水，來表達他的心跡。這件事，他還記得。我實在沒有想到，他這樣一個非常普通的人，卻想了那麼多。他說，生命不是一條小水溝，我能了解。生命是應該要用更大的觀點去看的吧。生命應該是屬於全人類的一條大河吧。這可能就是他的意思吧。

我再看他一眼，這是一個很大的改變。什麼是促成他改變的原因？這是必須要有很大的力量的。這力量，是來自阿貞？或者是來自他自己？還是來自共同的領悟？

這時，他又再揹好了孩子，因爲揹巾太小，小孩的腳還是露出在外面。

「你去貓空？」

他告訴我，阿貞的墓在貓空。本來，阿貞是埋葬在安康那邊的公墓，後來因爲都市計畫的關係，把墳墓遷移到貓空來。現在，他就是要帶這個小孩去拜阿貞的墓，要給她看看。

「爲什麼挑這種日子？」

「今天是阿貞的忌日。」

「呃。」

「人在的時候，往往忽略了許多事。」他說，打開了雨傘。

「你用這一把吧。」我說。因爲我經常出來爬山，而且風雨無阻，出門都帶這一種所謂「五百萬」的大雨傘。

他和我換了雨傘。

今天的雨下得有點離奇。雨不但下得大，而且幾乎沒有停歇過。除了雨之外，還有風。風雖然不大，卻是冰冷的。俗語說，春寒雨那澆。今天就是這種日子。雨是從天上不停地澆下來的。一到春天，不知是天氣冷才下雨，還是一下雨天氣就變冷。到了春天，雨和冷，似是分不開的。

路上出來爬山的人，只有寥寥幾個。

我們順著產業道路，往貓空的方向走。換了雨傘之後，我才知道他的雨傘無法完全遮住這一陣風雨。山裏的風，好像沒有一定的方向，一下子前，一下子後，很快的，我的褲管已濕了半截。

雨水也滴到我的肩膀上。雨水滴到右邊的肩膀，我把雨傘移到右邊，雨水就滴到左邊的肩膀。很快的，左右兩邊的肩膀都濕掉了。

產業道路的地勢是右高左低。路的兩邊都有些水田和菜圃，大部分是茶園。茶花已開了不少，新芽也長滿枝頭，雨再不停，茶葉就要長過頭了吧。

眼睛往右看，上面有一層一層的梯田。上一層的雨水一滿，就往下一層灌注，一望過去，是一片高高低低的瀑布羣。雨聲夾著水聲。從這裏，也可以聽到轟隆轟隆的溪水的聲音。

一股急湍的水流，順著山坡上的小路，猛沖下來。那是一條山路，也是一條水道。水帶著大量泥土和沙石，沖下來，把泥沙堆積在產業道路上。產業道路上的水分成兩股，繼續往下奔流，一股清澄，一股混濁。雨猛打在產業道路上，濺起一片水花。

雨水順著產業道路往下流瀉，湧成一稜一稜的小波浪。雨滴在水流中，不停冒出泡沫，往下急速流動，而後卜地散掉。

路邊和山坡上的草木，都已長出鮮嫩的新葉。它們被雨水壓得抬不起頭來。不過，那些草木，不管是相思樹、月桃、颱風草、各種蕨類、和最臭俗的藿香薊、昭和草，都在風雨中苦撐，等候天氣早點放晴。

竹子長出的新芽，葉子還沒有長齊，是一根一直往上升長的竹筍，都已超過母竹的高度。竹子底下堆著一片枯黃的竹葉。

有些落葉樹，已萌出新芽。菅芒的舊葉和舊的花穗已逐漸枯爛，新葉子已重新長出，在一片新綠中，點綴著一、兩叢明亮的紫紅色的花穗。不錯，的確是新的花穗。菅芒是秋天的草，怎麼會長出新的花穗來鬥鬧熱呢？

雖然有風，菅芒的葉子都是靜靜地豎著，而颱風草的葉子，卻急速地搖著。

我也看到路邊有一簇芋葉。芋葉沒有姑婆芋葉那麼大。但是，姑婆芋的葉子比較平，沒法承受雨水。

雨水掉在芋葉上，注入葉心，水一滿，葉子一傾，倒下雨水，挺直葉梗，再承受新的雨水。

安民走在前面。他眼睛望著遠處，好像是在趕路的樣子。

他的腳步相當穩健，皮鞋踩在積滿雨水的路上，啪噠啪噠地響著。他的皮鞋，依然在冒著水泡。這一條路，就好像一條河流。小孩依然埋在揹巾中，只有腳露在外邊，隨著安民的步伐輕盪著。

一路，我們看到兩邊的山坡上，有不少農家，和私有墓地。有些農家四周，還種有不少花草，種得最多的是杜鵑花。我們也看到了盛開的桃花、杏花和櫻花。

「要不要休息一下？」

我們走到一家茶農屋前，茶農在路邊蓋了一個平台，擺了四、五組桌椅，供人品茶休息。

「不必了。」

我們再踩著雨水，繼續前進。

「安民，你的臉色……」

我怕他健康不好，怎麼能夠繼續領養孩子，只是一直不便開口。

「嘿，你看我臉色不好？我吃齋，吃長齋。」

但是，我還是不能完全放心。他不僅臉色不好，而且有點水腫。

不久，我們看到路邊的電線桿上，釘著一塊白底紅字的木板，上面寫著「祭拜祖先，小心火燭」。貓空就在前面。我知道這附近有許多墳墓，大部分都是零星分散的。

「阿貞的墓呢？」

「在那上面。」他遙指著右邊的山坡上。

那裏，也是一片高高低低的梯田。雨水從上面一層一層瀉下來，有的像珠簾，有的像水槍，不停射出水龍。一望過去全是水。

「你要怎樣上去？」

「反正有路，不會有問題的。」他說完，要把「五百萬」的雨傘遞還給我。

「那邊好像還有一條路，我帶你上去。」

這附近的山，我也爬過，多少有點印象。

我們再往前走了幾十公尺，看到半山腰有一座亭子。我記得亭子旁邊有一條路，可以通到墓地。

我們走上去，亭子並不大，風帶著雨，從四個方向打進亭子裏。這座亭子，和這附近的亭子一樣，中間有一個方型桌子，四面各有一個長凳，都是用水泥灌成的，卻漆成原木的顏色。

亭子裏都是濕的，凳子是濕的，桌子也是。我看到凳子上有一堆東西，憑靠在桌上。開始，我沒有看清楚。我換個方向再仔細看了一下，原來是人，兩個人，一男一女，緊緊坐在一起，用一件黃色的塑膠布，從頭頂往背部罩下去。雨從上面潑下來，塑膠布已全濕了。兩個人趴在桌面上，兩個頭緊緊靠在一起。我也看到了他們的眼睛的位置，兩個人都戴著眼鏡，鏡片上已沾滿了雨水，看不清楚眼睛。在眼鏡下面，若隱若現的，是兩張嘴，說得正確一點，是雪白的牙齒。原來，他們還在笑著。我實在不了解，這兩個年輕人，是到這裏來歇雨還是來淋雨的。

這也是一種人，也是一種方式吧。

我轉頭看看安民，他也看到了。他似乎沒有什麼表情。這種方式，對他可能太遙遠了吧。我只看到他再把頭慢慢轉向山坡上。從亭子看過去，那一片山坡，依然是一片高高低低的瀑布羣。

安民回過頭來，什麼也沒有說，又把「五百萬」的雨傘遞還給我。

「你帶著。」

「你已淋成這個樣子了。」

「我沒有關係。小孩子不能淋到雨。」我指著小孩露出在外邊的小腳說。這時，我才發現，不知什麼時候，小孩一邊的襪子已掉了，露出一隻白白的小腳。

他一聽到小孩，就沒有再堅持。

他走出亭子。我站在亭子裏面，看他慢慢踩進雨水橫溢的山坡路，一步一步，忽左忽右，慢慢往上爬。忽然，我看到他身子晃了一下，雨傘也差一點掉落。

我正想衝出去，看他已站穩，用了一隻手和雙腳，半爬半蹬，走上了一段急陡的坡路。

雨越下越大。一陣大雨遮住了視線，幾乎看不到十公尺以外景色。等雨小了一點，我已看不到安民的影子了。

亭子裏，那兩個年輕男女還在那裏。我轉身往另外一個方向看，山和谷，全在雨的迷濛中。

三腳馬

○

我從台北坐了三個鐘頭的車，到外莊找我工專時的同學賴國霖。最近我們開了一次同學會，難得自畢業以後二十多年第一次再見到他。在會上，大家做自我介紹的時候，才知道他回到故鄉開一家木刻工廠，專門製銷各種木刻品。

他的工廠規模相當的大，占地有兩百多坪，前落兼做店面。我來這裏，主要是想找些馬匹的作品。我收集馬匹多年，已收集了大大小小兩千多件，有木頭的，也有石頭的。今年是馬年，我預備利用這個機會多收集一些。

他已給我看了許多木刻。也許因爲大量生產的關係，那些作品都過於規格化。我們正在走動觀看，突然牆角有一隻奇特的馬引起了我的注目。那隻馬低著頭，好像在吃草，也好像不是。牠的臉上有一抹陰暗的表情，好像很痛苦，也好像很羞慚的樣子。我收集了那麼多的馬，就從來沒有看過這樣的表情，就是繪畫，恐怕也找不到。

我把它拿起來仔細的看了一下，才發現那隻馬竟跛了一條腿。這使我感到非常驚奇和惋惜。從馬身上的線條看，牠比另外的馬都來得生動有力，尤其是臉部的表情，絕對不是其他的作品所可以比擬的。牠是素面的，沒有上漆，甚至於沒有用砂紙磨過，還可以看到刀鏤的痕跡。從牠被放在不顯眼的地方看來，可以推測牠沒有受到重視。賴國霖看到我拿在手裏把玩，不忍釋手，就告訴我說：

「那是一個怪人刻的。他喜歡刻一些殘廢的馬，我們去他家收購，有時隻數不夠，他就把殘廢的加了進去，他說不能賣，等他多出來，把殘廢的換回去，就像當做零錢找來找去。」

「你店內有沒有他刻的？我是說普通的馬。」

「有，這就是。」他隨手拿一隻給我看。「你覺得怎麼樣？」

「這就奇怪了。跟其他的差不多。也許你們使用模子的關係。不過，牠的眼睛，和其他的不一樣。你看一般的馬的眼睛是看側面的，他的馬是看前面的。還有，這些鬃毛，尾部和大腿也不一樣。但完全不能和那一隻跛腳的比。你看，這是動的、活的馬，而且有表情。要表現動物的表情，實在太難了。」

「他刻的馬，都是經過我們再修整過的。我們都說他太懶，連砂紙都不磨一下。爲了這，我們還扣他的工錢呢。」

「那個人的作品多不多？」

「我也說不出來。看他把東西亂堆在一起，我們也不知道什麼是作品，什麼不是。不過，我們所要的，卻越來越少了。以前，我們一個禮拜要去收一次，現在就要兩三個禮拜，甚至一個月才去一次。他放著正經的工作不做，一個人躲在那裏，刻一些奇奇怪怪的東西。」

「他眞的不賣？我是說，像那些跛腳馬？」

「我也不知道。誰知道這個怪人心裏想著什麼。」

「你是不是可以帶我去看他？」

「去看他？做什麼？」

「我想看看有什麼特別的東西。」

「特別的東西？」

「就是跛腳馬之類的奇奇怪怪的東西。」

賴國霖用機車載我去。我們在彎彎曲曲的山路上駛了有半個鐘頭。當我們駛到坡頂，就停了下來。由高處望下看，看到山巒間有一塊比較平坦的地方，大概只有一、二十戶民家散落其間，有的相鄰，有的隔開一些距離。

「那就是深埔村。」賴國霖說，又開了機車，駛下山坡。

那是一間非常簡陋的土塊厝，所砌的土塊都已蝕損，裏頭的稻草已鬆開，像尺蠖翘出來。這一間土塊厝算是邊房，正廳也是土塊厝，只是在表層多塗上石灰，看起來比較新淨。

門是半掩著。賴國霖輕推了一下，一走進去，我就聞到木料的香味。因爲外面陽光強烈，突然走進到幽暗的房間，眼前什麼都看不見。我們在裏面站了一下，才漸漸看到在竹格子的小窗底下坐著一個六十多歲的老人。白多於黑的頭髮剪得很短，鬍髭也已有五、六分長。

「國霖嗎？」

「是的，吉祥叔，我給你帶來一位客人。」

「客人？從哪裏來的？」他望著我看了一下。

「台北。」

「台北市嗎？」

「是的。」賴國霖說。

當我的眼睛已習慣，我就把四周掃視一下。在窗下有一尺高的工作枱，放著木槌和各種雕刻刀。老人坐在地上一塊扁平的小板上，雙腳微曲，往前伸，雙腿間放一隻還不知是何物的木塊，地上全是木片，牆角橫豎地堆著一些作品。

「你的朋友是台北來的？」我還沒有看清楚那些作品，老人又開口了。

「是的，他是我的同學，在台北讀書時的同學。」

「你知道台北的近郊有一個叫舊鎮的地方？」

「我是舊鎮的人，我在那裏住了三十年，一直到十幾年前才搬到台北。」

「你住在舊鎮什麼地方？」

「警察分局對面。」

「警察分局，是不是以前的郡役所？」

「是的。」

「從你的歲數和住的地方看來，你應該認得我。」他說，慢慢轉向我。

「我認識你？」

「還認不出來？」他指著自己的鼻梁說。從眉間到鼻梁上有一道白斑，好像是一種皮膚病。

「是不是……」

「你認得了？我就是白鼻狸。你是誰的兒子？」

我告訴他父親的名字，也告訴他父親以前開木器店。

「我記得他。我以前曾經打過他。」

「我知道。父親曾經告訴過我。」

「你父親還在嗎？」

「不，已去世了。」

「他有沒有講過我什麼？」

「……」

「你說，我不會介意。」

「我父親說，三腳的比四腳的更可惡。」

他沉默了片刻，然後從工作枱上拿起一個四、五寸大的相框。「你認識她嗎？」

「不認識。」

「她是我的查某人。」

「我好像記得她的姊姊和妹妹都當過老師。」

「對，對的。」

「這一位呢？」我指著左下角一張兩寸大，已發黃的照片。

「這是我的第一張照片。我第一次到台北時照的，寄回來給我母親的。」照片上是剃著光頭。我注意看著他的鼻梁上，卻找不到那一道白色斑。他好像已覺察到。

「那是照相師修過的。爲了這，他還多拿了我五錢。」

「你是說，很小就已有了？」

「嗯，很小，很小……」

一

「烏腳譽，白鼻狸……」

一行五人，以阿狗爲首，各人拿著陀螺，半走半跑，往墓仔埔前進。阿祥比那五個人中最小的阿河還矮了半個頭，也在後面緊緊地跟著。

「烏腳譽，白鼻狸，轉去，不要跟屎尾。」殿後的阿金大聲說，把手裏的陀螺猛打下去。

「我也有……」阿祥說。天氣很冷，說話時會冒出白煙。

「有什麼？有蘭鳥？」阿成說。

「我也有干樂。」

「什麼干樂?自己刻的?比蘭核還小!」阿進說。

「我阿舅說，要買一顆這麼大的給我。」阿祥說，用手比了一個碗口。

「買來再講。」阿金說。

「我阿舅住在台北。」

「台北有什麼稀罕。」

「轉去，不轉去，拿你來脫褲。」

阿祥一手揑著陀螺，一手拉著褲頭。他的褲頭繫著一條布繩子。他太小，沒有辦法像大人，把褲頭一摺一塞就可以繫牢。

「轉去。」阿金回頭推了他一把，他倒退了一步。阿金是阿福伯的最小兒子。第一次叫他「白鼻狸」的就是他。

有一次阿福伯在山上捉了一隻白鼻狸，放在鐵絲籠裏，準備拿到外面去賣。牠的毛黃裏帶黑，鼻梁是一條長長的白斑，通到淺紅色的圓圓的鼻尖。牠的一隻腳被圈套夾斷了，走起路，一跛一跛的。

「你也是白鼻狸。」阿金突然指著他的鼻子說。

這以後，大家都叫他白鼻狸，好像已忘掉了他的名字。

他怔怔地望著五個人，看他們彎進竹屏背後。

他舉起手，把手裏的陀螺打下去，但沒有打好，陀螺橫轉起來。

「幹！死干樂！」阿祥罵了一聲。

他撿起陀螺，把繩子纏好，順著原路折回來，看路邊有一壺茶，就蹲下去猛灌了兩碗。

他回到阿福伯的菜圃邊。本來，在這四面環山的一點耕地，是一片貧瘠的赤仁土，居民都種植著番薯、樹薯或花生，只有阿福伯經常到外面，聽了人家的意見，闢了不到半分地的一小圻，改種了一些蔬菜。

他感到下腹脹脹的，但還不夠。他站在菜圃邊等著。那些捲心白菜已種下一個月了吧，菜心開始曲捲，種在邊緣的，已有三棵的葉子轉黃了。如果不是阿金，也不會有人叫他白鼻狸了。他想著。

冷風迎面吹過來，在竹屏上呼嘯。他略微縮著身子。小腹更加鼓脹起來了。他看看四周，知道沒有人，就趕快拉起褲管，用力把小腹一擠。尿水冒著煙向第四棵白菜灌了下去。尿水灌著菜葉，和菜心。他用力擠，集中在一棵白菜上。尿也在土上冒泡，但很快地消失在土裏。他感到滿身舒暢，萬一有人看到，他就說在灌肥。

「咿哎！」突然有人大喊一聲，從竹屏後猛衝了出來。

阿祥顫了一下，還沒有看清楚是誰，尿已收進去了。

衝出來的，卻是阿狗和阿金他們五個人。他實在不能相信。他們怎麼能繞了一個大圈子，躲到這邊的竹屏來了？

「我知道一定是你這隻白鼻狸。」

「我怎麼了？」

「你灌尿。」

「我灌肥呀。替你們灌肥還不好？」

「難道你不知道灌燒尿，會鹹死菜。你看看那三棵。」

「那不是我弄的。」

「不是你，還會有誰？」

「眞的不是我。」

「白鼻狸偷吃果子，還會說是牠吃的？我們抓白鼻狸來剝皮，把他的褲子脫下來。」阿金說，雙手把他抱住。

「不要，不要。」他掙扎著。手亂揮，腳亂踢。

阿進抓住他捏著陀螺的手。阿河阿成拉了他的腳。只有阿狗站在一邊笑著。

阿金把他的褲子往下一拉，褲頭滑出布繩子，好像竹筍脫殼，褲頭鬆開，褲也掉了下來。

「哈、哈、哈！」阿金拉掉他的褲子，往空中一撒褲子順著風飄了一下，飄落在地上。

「哈、哈、哈！」大家也跟著大笑起來。

阿祥猛掙著身子。風很冷，吹著他的屁股和下肢，但他不顧一切，拿起陀螺，對準阿金背部猛砸過去。

「哎唷！」阿金叫了一聲，伸手到背部一摸，手指已染了血。

「娘的！」阿金回頭過來，用拳頭往他的臉上猛揮過來。

他的牙齒撞了一下，咬到了自己的舌頭。嘴裏鹹鹹的，他知道已流血了。

二

天空碧藍如洗，太陽猛烈地照著，一望過去，起起伏伏的山巒，盡是鬱綠的相思樹，在無風的太陽底下，靜靜地佇立著。

阿祥已走了兩個小時的路。赤仁土的山路只有一、兩公尺寬，沿著一條小溪蜿蜒而下。這是通往外界的唯一一條路。每當雨後，水牛走過，就在路上留下許多腳印，經太陽晒乾，就變得尖銳刺腳。

阿祥打著赤腳，邊走邊跑，裹著書本和便當的包袱巾從右肩到左腰部打斜地繫著。他在山路上又行走了一段，然後下坡到溪邊，踏上鋪在水中的石頭。水位較低的時候，隔著半步的距離鋪著的石頭便露出水面，人可以踩踏過去，一到下雨天水位漲高，有些地方也深過腰部，聽說在暴風雨的季節，溪水猛漲，曾有人想硬涉過去，卻被溪水沖走了。

有人迎面而來，是阿福伯。在鄉下，住在路程兩、三個小時內的人，都算鄰居。

「阿福伯。」他叫了一聲，有點不好意思。他一路上一直怕見到熟人。他正在溪中央，要躲也來不及。

「阿祥，你上街了。」

阿福伯並沒有問他爲什麼不上學。鄉下沒有禮拜幾的觀念，也不重視上學不上學。他一腳踩進水中，讓阿福伯過去。水很涼，他覺得很舒服。乾脆就兩腳都站到水裏。腳底有點滑。是長在石頭上的青苔。他站穩了腳，把手也伸進水裏浸一下，連心裏都感到涼爽。

如果阿福伯碰到父親，告訴他說在路上碰到了自己，父親追問起來該怎麼辦？他站上來，回頭看看阿福伯。但他更怕那位新來的日本老師井上先生。井上先生白白胖胖，和又黑又乾的村人都不一樣。井上先生來的第二天，就叫學生把桌椅全部搬到後面，騰出空地來，叫大家跪下去，用竹棍子在每一個人頭上敲了一下。井上先生看看他的鼻子，又加了一棒。

「馬鹿野郎，青蕃，無教育，捧庫拉……」

井上先生一邊喊一邊打。全班學生沒有一個人知道爲什麼被打，這一件事發生之後，隔天就有十分之一的學生不再來上課。

「讀書有什麼用？」有人說。

「我才不去跪他。我只跪我祖公。」

阿祥挨打的機會要比其他的同學多，每一、兩個禮拜，至少要被打一次。每次被打，腦袋上都腫起來，像長著一個瘤。爲什麼呢？他實在想不出道理，也許是因爲鼻上那一道白斑。

他實在不想讀下去。但每次都想到阿舅。阿祥所以能到一個鐘頭路程的內埔去讀書，完全是阿舅竭力說服父親的。

「你要認眞讀書，讀完了來台北。」

阿祥知道他今天一定會挨打。本來，他是不會遲到的。他走到半路，在路邊樹上看到一隻奇怪的鳥。牠的樣子像水鴨，但鼻上卻有一塊紅肉冠，有點像蕃鴨，但小得多。

他不知道這叫什麼鳥。他追了一程，結果連跑帶衝趕到學校，還是沒有趕上。

井上先生揮動著竹棍子的樣子一直在他眼前晃動。還有那棍子敲在頭上的清脆聲音。他跪在地上等著，要來就快一點來，但又怕它眞的來。一棍打下去，眼淚都擠了出來。

他在學校——說得正確一點只是分教場，附近徘徊了一下。忽然又想起阿舅住在台北，要坐火車去。他到現在連火車都沒有看過。聽說，火車走在鐵軌上，那是要到外莊才能看到的。

他走過了中埔，太陽已相當的高，也相當的熱。他走到樹蔭下，把包袱巾解下，取出便當。飯是夠的，佐餐的只有三片蘿蔔乾和一小撮豆豉。有時，父母到街上才買一點鹹魚回來。不到幾分鐘，他把所有的東西都裝進肚子。太陽已快到中天了。從家裏走到內埔的分校要一個多小時，由內埔到中埔也要一個多小時，由中埔到外莊也要一個多小時，加起來也要四個小時多。

他的心又開始蹦蹦地跳著。這和想到井上先生的棍子的時候是差不多的，不過他早已把井上先生的事忘掉了。

他不知道火車什麼樣子，也不知道鐵軌什麼樣子。阿舅雖然曾經在稻埕上畫給他看過，但他還是沒有正確的輪廓和確實的感覺。

他也曾經要求父母帶他出去。但他們都說他太小。

他爬過一個小山崙，忽然看到山凹下去。他站在崙頂，在兩堵山壁之間，看到了鐵路。那就是鐵路嗎？他以爲要到外莊才能看到，他知道這裏離外莊不遠，卻還不到外莊。

兩條鐵軌向兩邊延伸。他不知道那一邊是通往台北的。那一邊都是一樣的吧。他凝然望著。他的視線順著鐵路來回地移動著。一邊，在遠處，他看到了一個山洞。

他攀下山坡。鐵軌是鋪在許多木頭上，木頭上有煤屑、有鐵鏽。他蹲下去看看鐵軌的上面銀亮而平滑，在太陽下不停地閃著光。他用手去摸它，好像上次偷摸土地公的臉一般。

「嗚——嗚——嗚——」從山洞那邊傳來汽笛的聲音。

他猛醒過來，起立退到山邊。火車從他面前急擦過去。他什麼都看不清楚。火車過去之後，才覺得車上有人看著他，對他笑著。

他拔腳追了過去。火車就在他面前。他追著，追著。

三

小學一畢業，阿祥就到台北阿舅所開的食堂幫忙。他先學掃地、洗碗筷、擦桌子，然後端菜，招呼客人。後來，他也學會騎腳踏車送麵飯。他學得很快，尤其他很會認路。雖然他第一次到大都市來，時間又不很長，卻比那些來得更久，年紀更大的孩子更管用。

阿舅很高興，有時也叫他去採購或跑銀行。他很快就成爲阿舅最得力的助手。

有一天，已是深夜十一時以後，他送麵到榮町一家布店，有四、五個店員正在玩四色牌。

「麵來了，有燒沒？」一個店員說。

「白鼻的。」另一個叫他。「湯那會這麼少？你偷飲了？」

他騎車子送來，難免盪出了一些湯。而且麵泡久了，也會吸湯。

「對，他眞像白鼻狸。喂，少年家呀，聽說你是從內山來的，那邊一定有很多的白鼻狸吧。」另一個幫腔說。

「趕快洗牌了，不去睬他嚒。」

「喂，是你老爸白鼻，還是你老母白鼻？」

「不要講笑，講笑也要有程度。」另一個說。

阿祥用雙手把麵一碗一碗端起來放在桌上。他很用力，手在發抖。他怕把湯再盪了出來。他把提麵箱的蓋子蓋好。當他再騎上腳踏車的時候眼淚已流了出來。他一腳踩在地上，用手背把眼淚擦掉。爲什麼？爲什麼每一個人都叫他白鼻狸呢？他想離開故鄉，也是因爲在那裏每一個人都叫他白鼻狸。來到城市裏，認識的人不多，但只要一熟，就又叫他白鼻。

這幾個人他並不熟，卻這樣叫他，而且還侮辱他的父母。他沒有直接回到店裏。他到公園邊的派出所去報案，說有人賭博。

警察要他帶路。因爲送食物去過派出所，他和警察也認識。警察把那些人抓去拘留。雖然他只到門口，沒有跟警察進去，他們也猜想他去報案的。他們在牢裏叫飯的時候，把他臭罵了一頓。

他又去報告。警察警告他們，如再這樣就不放他們出去。

這時候，他更清楚地覺得，人分成兩種，一種是欺負人的，一種是受人欺負的。井上先生是前一種，自己是第二種。但現在，他親眼看到那幾個店員由第一種變成第二種，而自己又好像從第二種變成了第一種。

那些店員釋放出來以後，曾經到店裏找過阿舅和他聲言要報復。但他不怕他們。警察曾經說他是好國民，好日本國民，以後有什麼事和他們多多連絡。

有一次，阿祥在晚上送麵的時候，從巷子裏跑出幾個人，把他連車帶人推倒在地上，痛打一頓，等他爬起來，碗和箱都破了，輪圈也已扭彎。他又跑去報案，警察來了，那些人也早已沒有蹤影了。

他回來店裏，阿舅很不高興。

「我對你講過，我們生意人，應該規規矩矩做生意，其他的事全不必管。你卻不聽。最好，你先回鄉下去，也比較安全，等一些時候，我再寫信叫你來。」

阿祥並沒有回鄉下。他跑到派出所訴苦。他們看他聰明，就留下來做工友。因爲他是台灣人，有語言上的方便，又因爲送飯麵的關係，對附近的地形和居民都很熟悉，他們有時也帶他出去辦案，有時也叫他自己打聽一些消息。在名義上，他是工友，卻兼有線民的身分。

在這一段時間，他感觸最深的是隔開拘留所的那一道木格子。不管是誰，一進那裏，就銳氣全消，變得那麼柔順，不管是知識分子，或者是有錢的商人，都會趴在格子上求他給他們一杯水。

有時，他也看到警察把犯人提出來，帶到後面的浴室，用水龍頭沖著他們，像鼠籠裏的老鼠一般，沖得全身透濕，連腳都發軟。有時，警察還把橡皮管插進犯人的嘴裏，用手揑住犯人的鼻子，把水不停的灌進去。犯人一邊哀叫，一邊把水不停地呑，等肚子都漲了，警察叫他趴在地上用腳蹬著，教他把水吐出來。

目前，他只是一個工友，只是一個未成年的孩子，但只因他站在木格子的外邊，裏面的人都要用哀求的眼睛望著他。在裏面的人，從來沒有叫他白鼻的。

當然，他是要站在木格子的這一邊的。但他不是要做一輩子的工友，也不是一輩子的線民。他要把這木格子擴大到整個社會。他要做警察，只有這樣，所有的人才會尊敬他，才會畏懼他。

他把這種決心告訴那些警察。他們教他讀什麼書，怎麼讀，也教他如何參加考試。他第一次沒有考取，第二次卻順利地通過，而且名列前茅。

四

曾吉祥和吳玉蘭坐在石階。石階有二十多級，每級寬二尺，高八寸，長有二十多尺，上面是通往慈佑宮的寬大的通道，下面就是大水河的水面，石階本身就是河堤的一部分，也算是碼頭。

烏黑的天空上點綴著稀疏的星星，從四周照出來的探照燈時明時滅，有時獨自尋索，有時在天空上交會在一起。

日本已向美國宣戰，預防是必要的。

「不行，阿爸說結婚不能用日本的儀式。」吳玉蘭微低著頭，眼睛注視著大水河的流水。水影隨著探照燈的明滅而閃爍不定。

「妳老爸眞頑固。」

「不能說他頑固。他說，我們有我們的儀式。」

「妳是受過教育的人，不能像那種無教育的人。」

「阿爸也讀過書，只是讀不同的書。他曾經說過。讓我們姊妹讀書最沒有用，讀一些奇奇怪怪的東西，講起話來，沒有一句聽得懂。」

「部長桑勸我這樣做。他勸我，其實這就是命令。」

「我姊夫也說我們應該用自己的儀式。他還到過內地讀書呢。」

「妳不要再提到他，他是可疑的人物。他需要我保護，將來也需要我救他。本來，親戚裏有他這樣的人，對我很不利。他們將不會信任我。至少不會像以前那樣信任我。這一次，我決定要用日本人的儀式，有一半也是爲了妳有這樣的親戚。」

「不過阿爸說，不照我們的方式，就不准我們。」

「不准，就……」曾吉祥倏地站了起來。

「曾桑。」吳玉蘭也站了起來。

「妳自己怎麼想呢？」

「……」

「妳的決定很重要。在台灣，還沒有這種例子。寶貴就寶貴在第一次。妳可能還不知道。政府正在計劃推廣皇民化運動。以後，不但要按照日本的儀式結婚，還要拜他們的神，還要改姓名，譬如說，我姓曾，可以改成曾我，曾我兄弟的曾我。妳們姓吳，日本人也有，不過很少，而且讀法不同。要徹底皇民化，最好也要改個姓。日本現在已把南洋的許多地方占領過來，以後我們都要去南洋，那地方太大了，我們要去做指導者。」

「我姊夫說，日本會……」

「不要說。妳要說什麼，我已知道。妳一說出來就犯罪。我就不能不捉人。我不能捉妳，因爲我必須保護妳，但妳的親戚，我就無能爲力了。我有責任保護國家。任何人造謠就是危害國家。日本一定會打勝仗的。部長桑說得對，我們應該做模範，開風氣，我們要看許許多多的人追隨在我們的後面。」

「……」

「妳怎麼說？」

「我答應過您的話，一定會做到。」

兩個月前，他們一起在宿舍後面的網球場打球。雖然是公共球場，由於運動的性質和意識的問題，只有一些日本人、警察、老師和讀中學以上的男女學生，這些屬於所謂優秀分子才能使用。

兩個人打完球之後，她就到他宿舍休息，順便看看他的球拍。以前，她雖然也去過，卻都是和其他的朋友一起去。

他打網球是在訓練所受訓時學習的。他學過柔道、劍道和網球。柔道、劍道是護身術，也是晉陞的手段。他已是黑帶。網球卻是社交活動的重要一環。他在台北做工友的時候，就已把這看在眼裏了。

她的球技雖然不出色，他卻喜歡她的體態。自從和她打球之後，她的影子就一直在腦際出現。她穿著白色的短衣，白色的短褲。白色的襪子、白色的布鞋，纏著白色的髮帶，手拿著球拍，微蹲著身子的體態，還有那嬌甜的聲音。這些都是家庭和教育的結果。

從教育而言，她比他高。她雖然不是有名的高女，卻也是私立的女學校畢業的。和他只有小學畢業完全不能相比。

今天，她也穿著一身的白，只是頭髮有些散亂。她把白色髮帶取下來，用手把頭髮往後攏一攏。她和他坐得那麼近。但兩個人之間卻有那麼大的距離。要消滅這種距離，只有一個辦法，就是征服她。而現在卻是一個最難得的機會。

他一下子撲過去。

「您要我，應該好好的商量。您再碰我，我只有一死。」她低沉地說。

「原諒我。」他跪在榻榻米上，雙手托前，頭一直低到可以觸著榻榻米。「我很愛妳。請妳答應我。」

「……」

「玉蘭桑……」

「您父母也贊成用日本儀式？」

「他們鄉下人，不會有什麼意見，就是有什麼意見，我也可以說服他們，萬一說服不了，我還是要用這種儀式。」他的聲音很堅決，也有點高昂。

他說完，視線由吳玉蘭身上慢慢轉開，看著大水河的對岸，再轉向天空。幾道探照燈依然交迭在天上尋索。在大水河的下游那邊便是台北市。他依稀看到總督府的高塔。

「噗通。」河裏遠處傳來渾重的聲音，有人擲了石頭。

「噗通。」「噗通。」石頭越擲越近，一直擲到石階下的水面。

「誰！」曾吉祥大聲叫了起來。

「不理他們。」

「顯然是故意的。」

「今天，就是故意的，也不理他們。」

「噓！」從堤頂那邊傳來吹口哨的聲音。

「查脯帶查某！」是小孩子的聲音。

「噓！」

「噗通。」

「咿唷，查脯帶查某。」

「白鼻的。」

「畜生！」曾吉祥倏地站起來。

「曾桑，拜託您。」

「好吧，不過……」

「我可以答應。」

「您父母呢？」

「我會盡力勸他們。」

五

「日本輸了。」

「日本輸了。」

開始，大家都竊竊私語，還有點不敢相信。大家都知道日本雖然不會打到一兵一卒，雖然日本的報紙一再說著沖繩玉碎，雖然米國已在廣島和長崎投了兩顆原子彈，雖然大家都知道日本遲早要投降，但大家都沒有料到是今天。

今天，大家都似乎感到有點異樣。早上，天空一片晴朗，卻寧靜得出奇。已沒有警報，也沒有飛機的聲音。

郡役所裏，大家顯得很緊張，精神有點恍惚。

有人把收音機放在郡役所前庭，到了中午時分，郡守以下每一個人都跪在地上聆聽天皇陛下的玉音。收音機的效果並不好，雜音太多，而且天皇陛下的聲音在顫抖，顯得已泣不成聲了。

開始，大家只是默默地跪著，然後有人跟著飲泣。每一個人都緊張地握著拳頭，頭越垂越低。有人用手搥地。

曾吉祥也跪在人羣之中，他不知道是悲還是苦。他只是楞楞地跪著。這件事好像與他無關，也好像有切身的關係。

玉音播放完畢，大家還向收音機行禮，久久無法站立起來。

「日本輸了。」

這一句話變成有分量了。他看到郡守起來。街長、課長、主任、巡查部長繼續起來。有些人垂頭喪氣，但也有些人好像已有了決心，臉上露出堅決的表情。

「日本輸了。」他走到街上，已有人大聲地說。

「日本輸了？」回到家裏，妻迎面出來，幫他脫下衣服。

「輸了。」

「以後怎麼辦？」

「我也不知道。」一輩子裏，他沒有這樣徬徨過。

「米國兵會把每一個人都殺死？」

「妳相信？」

「我當然不相信。」

「那妳還問？」

「日本人眞會宣傳。就是現在，我還想著從沖繩的絕崖縱身自殺的女學生，我是指那些姬百合。」

「妳想那些幹麼？」

「我是說，如果您……」

「我怎麼樣？」

「如果您下一聲命令，我什麼都不怕。」

「馬鹿，我們不同，我們不是日本人。」

「我知道不是日本人，但您是日本警察呀。」

「我把這制服丟掉就行了。」

「可以丟嗎？」

「日本已沒有國家了，難道還會管我？」

「可是……」

「郡守還命令我們本島人維持治安。」

「玉蘭，玉蘭。」有人在外面喊著。

「姊姊，請進來。」

「妳姊夫說，曾桑要趕快逃。」

「爲什麼？」

「妳看現在民衆還平靜，因爲事情來得太突然，大家不知道怎麼做。也許明天，也許一個禮拜之後，一旦有人發難，說不定還會打死人呢。」

「那我們母子怎麼辦？」

「孩子可以暫時放在我家。」

但曾吉祥還不相信民衆會怎樣。他說他有義務維持舊鎭的治安。

到第二天，舊鎭也開始有了情況。

開始是巡查部長的自殺。在播放玉音當天，內地就有幾個日本的大官自殺。自殺好像會傳染，報紙上幾乎天天都有報導。部長雖然只是一個小官，但在舊鎮卻是一件大事。

舊鎮本來是平靜的小鎮，鎮民都安分守己。但報復之風很快地傳到了舊鎮。

據說，最先發難的是一個鑲牙師的兒子。鑲牙師沒有執照，接近密醫。這個鑲牙師在戰時因爲一位開業牙科醫師的密告，被抓去拘留。一旦終戰，他兒子在中學學過柔道，就去找牙醫算帳，在公衆面前把對方摔在地上。然後，這個兒子又去找抓過父親的琉球籍警察。

這時，民衆一下子覺醒過來，大家喊著「冤有頭，債有主」，各自尋找仇人報復。有些警察被拉在廟前跪著，向代表著我們的神陪罪。有個屠夫，在戰時因私宰被警察抓去拘留灌水，這時候卻拿著宰豬的尖刀抵著兩個警察的背部從海山頭走到草店尾，押著他們遊街示衆。他很得意，比誰都得意。

台灣人的警察，大部分是辦事務的，與民衆沒有什麼瓜葛，都能相安無事。只有一個姓賴的，被大家拖到慈佑宮前面的廣場。

「打死他！」有人喊著。

「打死這走狗！」有人應著。

「饒我，饒我。」他跪在地上，不停地叩頭哀求，他的妻子也跪在旁邊。

「打死他！」又有人喊著。

「狗，三腳，死好。」有人踢他。

「死狗呀，打死你！」又有人拿著棍子棒他。

「哎唷，哎唷！」

姓賴的警察，只是第二號罪人。他被打斷了一條腿。

「把姓曾的，把白鼻狸抓出來。」但沒有一個人知道白鼻狸逃到哪裏去。

當民衆來敲門的時候，曾吉祥迅速地逃到屋頂上。當天晚上，他悄悄地逃出了舊鎮，卻沒有機會帶走他的妻子。

但大家並沒有放棄他。大家把他家裏的一些家具打壞之後，扣住了玉蘭。

「人，我也不知道跑到哪裏。除此之外，你們有什麼要求，我都可以辦，你們打死我，我也不會有怨言。」

大家決定要她在慈佑宮廟前演戲，一連三天，在這三天內，她要準備香煙，讓鎮民無限制取吸。

那時，被日本禁止已久的子弟戲開始復出，爆竹的聲音已替代了炸彈的聲音，大家都可以再聽到鑼聲和鼓聲。民衆開始在各廟寺行香，答謝衆神賜給平安。

在慈佑宮的對面，靠著河堤邊的地方搭著戲台，戲棚的前簷上用紅紙寫著「民族罪人曾吉祥敬奉」幾個大字。在戲棚前和廟前之間，用平底籮一籮一籮放滿香煙，輝煌的燈光，把這一條通道照得有如白天。每一籠香煙上面，都掛著紅旗，同樣寫著「民族罪人曾吉祥敬奉」幾個大字。他的妻子玉蘭就跪在廟上向全鎮民謝罪。

「來呀，來去吃白鼻仔煙！」鎮民相互招呼，熙熙攘攘前往慈佑宮。「來呀，來去看白鼻仔戲！」

雖然大家沒有抓到他，心裏不無遺憾，但聊勝於無，時間一過，也把這一件事淡忘掉了。

六

「當時你幾歲？」曾吉祥老人問我。

「十二歲吧。」我略微想了一下。

「你還記得那麼清楚？」

「這是一件大事情。」

「已三十三年了？」

「嗯，三十三年了。」

「唉，舊鎮，舊鎮……」

「你沒有再回去過？」

「回去？怎麼回去？」他略微抬起頭來看我，而後又低下了。我很清楚地看到他的鼻子，雖然歲月使他的整個臉都已老化，卻無法消除鼻部那道不同的顏色。

「唉，舊鎮，舊鎮是我的夢魘。」他又嘆了一口氣說，他的眼睛望著牆壁，但他的視線卻好像已穿過牆壁看到牆外的一點，遙遠的一點。

「我不知道什麼叫夢魘。也許舊鎮的經驗便是我的夢魘吧。我一直想忘掉舊鎮，卻不能夠。雖然，我離開舊鎮已那麼久，我一閉起眼睛，就會看到那些善良，有時也是愚蠢的人的臉孔。我也記得你的父親，那個子矮小、雙腳向外彎的善良的木匠，鎮上的人都以伯叔稱呼他。他已不在了？」

「嗯，不在了。」

「我因爲要他做一個書桌，他遲疑了一下，我就打了他一個嘴巴，他年紀比我大。但我還是打他。我的背上背負著一個國家。我當時這麼想著。我還記得他看我的眼神。那眼睛充滿著憎惡和忿恨。但，我覺得權威比仇恨還要強大。

「我也記得那個叫柴扒鳳的女人。她應該是你們的鄰居。在領配給豬肉的時候插了隊，我就叫她跪在大家面前，頭上還頂著一木桶的水。既然是配給，每個人都可以買到。卻有人一定要插隊。這本來是一件小事，我也可以裝著不知，但我曾經聽日本人指著這一點，貪小便宜不惜破壞秩序的這一點，指責台灣人的愚蠢和無教育。以前，日本老師以這樣的眼光看我，我卻很快學會以同樣的眼光看自己的同胞。

「我也記得那個叫阿灶的屠夫。有人密告他豬肉裏灌了水。他不承認，我就叫他吃水。現在，我還聽得到他哀叫和求饒的聲音。

「那是一場噩夢，沒有終止的噩夢。我有極強的記憶力和敏銳的推斷力。我以這做本錢，完成了自己，以王者的姿態君臨舊鎮。我自以爲是虎、是獅子。但骨子裏，我卻是貓、是狗。我學會借重日本人的力量。

「我自認爲是王爺，但舊鎮的人卻把我看做瘟神。我知道他們在避開我。但也有人逢迎我，正如我逢迎日本人一般。玉蘭也曾經勸過我不能過分。因爲舊鎮是一個小鎮，她家又是個舊家，推算起來，幾乎有三分之一的鎮民不是她家的親戚便是朋友。但我如何能放手呢？人在權威的絕頂，自然會沉醉其中，而忘掉了自己。

「然而，有一天，日本打敗了。老實說，就是日本人自己也有預感，只是沒有人想到會來得那麼快。因爲事情來得太突然，我還沒來得及想怎麼辦的時候，玉蘭的姊夫，那位律師就叫我逃匿。

「我不聽他的話。我以爲我還可以繼續領導鎮民，一直到有一天忽然發現這些馴鹿已變成了猛虎。在倉皇中，我一個人逃出了舊鎮，回到鄉下來。這是唯一可以逃避的地方。眞沒有想到父親竟不收留我。他說我不再是他的兒子。我知道因爲結婚的儀式開罪了他。我實在沒有想到一個鄉下人有這種氣節。幸好母親苦苦央求，他才把這個放農具的小倉庫騰出來給我暫住。父親有一點田地，但他不讓我耕種。其實，我也無法耕種。母親偷偷地送東西來給我吃。

「我在默默地等著玉蘭來團聚，或者情勢平靜下來，我可以去找她。眞想不到，經過不到兩個月，她竟因爲患了傷寒，獨自走了。當這消息傳到了這裏，我實在不能相信。」

「我還記得，當時她家周圍還圍著草繩，大家都說傳染病，遠遠地繞過。」

「這時候，我忽然感到我是世界上最孤獨的人。在這世界上，再也沒有什麼可以替代她的了。現在，我還能記得她打球的姿勢。戰爭剛結束的時候，她曾經表示過，如果我自殺，她會毫不猶豫地跟著我。我也好像可以看到她一個人跪在廟前向民衆謝罪的情形。

「聽說，在面對著狂暴的民衆，她是那麼鎭靜，那麼勇敢。她以一個弱女子，爲了我這個人，擔負了民族罪人的重負。民衆罵她，她向民衆求恕，但不是爲了她自己。有人唾她，她也不去拭擦。我是一個男人，卻讓自己的女人出醜受辱。

「難道她不會有怨言嗎？我連見她最後一面也不能夠。她就是有怨言，又如何申訴呢？我不知道她是怎樣瞑目的。

「我何幸得到這樣一個女人呢?我的罪孽太深，所以必須得到她而又喪失她?在所有的人，包括我的親人都厭棄我的時候，只有她一個人默默地承受著，而我還沒有機會表示感激和愧疚之情，她就默默地走了。

「她一死，我的整個心也死了。其實，要死應該早一點死。在日本投降的時候，我就應該死。許多日本人都自殺殉國，我卻沒有這分勇氣。我卻說我不是日本人。我是一個民族的罪人，我應該以死來謝罪。但我沒有，我反而逃到這深山來。你看我這個人有多可恥，我逃到這裏來，讓她替我向國民謝罪，而我卻還在心裏想著有一天當情勢平靜下來的時候，我還可以回去當警察呢。

「但玉蘭的死，使我的想法完全改變了。從那一天開始，世上再沒有曾吉祥這個人了。其實，在日本投降那一天，他就應該不復存在了。他的人民，他的親戚朋友，他的父母都已唾棄他了，只是他忝不知恥地留了下來而已。

「唉,玉蘭。」他又拿起那張照片仔細地看著。「你眞的認不出她?」他的手在發抖，他的眼神還有一點木然，看來還是乾涸的。

「我知道她。可能當時年紀太小，實在認不出來。」

「不認得她的人，何止是你一個人!以你的年齡還不認得她，可能全舊鎭，已沒有幾個人認得她的吧。剛才你還說,舊鎭擴展很快,你回去,在街上已不容易碰到熟人了。

我知道人家會很快地把她忘掉的。」

「你沒有替她刻個像？」

「我試過，但不能刻。她雖然是我的妻，雖然曾經那麼近，我卻不能刻。她離開我太遠了。她的身體，我曾經摸過，但那不是屬於我的。她的心雖然曾經屬於我，我卻捉摸不到。她的臉，她那臨去的臉，是帶著什麼表情呢？到現在還沒有人告訴我。

「我知道她只有一個心願。就是死在我的身邊，埋在我的身邊。聽說她的父母都已先後去世，聽說舊鎮都已改變了，我卻一直沒有再去過。我不敢去。開始，我怕那些人記恨於我，而後，我又怕我的不純玷污她的土地。我沒有臉再見到她的親人。我也想把她的骨灰帶到這個地方來的，但我怕她在生的時候沒有來過，會不會太生疏。

「她的兒子也已長大成人。我說她的兒子，因爲我沒有資格。目前，他已離開舊鎮到台北去。本來，我想事情平靜過去，就把他們接到身邊來，沒有想到她猝然撒手而去，把他留給她姊姊撫育成人。他也曾經來看過我，叫我去和他同住。但我不敢面對著他，看著他比什麼都痛苦。他有一點像玉蘭，我希望他能像其他的人一般唾棄我。

「我想應該把我和玉蘭的事告訴他。但我不能夠開口。在沒有人的時候，我可以和玉蘭說話，但如果她眞的出現，我怕一句話也說不出來的吧。我無法刻玉蘭，這也是一個原因吧。」

「你刻那些馬，是一種自責？」

「當時，台灣人稱日本是狗，是四腳，替日本人做事的走狗，是三腳。」

「你爲什麼只刻馬？而不刻其他的動物？」

「因爲他們要的是馬。我刻著，刻著，突然間，好像在那些馬身上看到了自己，所以就試著把自己刻上去。」

我把地上、牆角的馬一隻一隻拿起來，雖然每一隻的姿勢都不一樣，卻都有一個共同的特點。牠們的表情和姿態都充滿著痛苦和愧怍。

「你打算如何處理牠們？」

「我也不知道。」他遲疑了一下。「也許，有一天，我會把牠們全部燒掉。」

「燒掉？」

「因爲牠們和別人無關。」他無力地說。

「你能不能賣一隻給我？」我鼓起勇氣說。其實，我心裏想著，只要我付得起，我想全部買下來。

「賣給你？」他又遲疑了一下，把臉慢慢轉向我。「好吧，你挑一隻吧。這三十三年來，我沒有見過舊鎭的人。我一直想見舊鎭的人，也一直怕見到。」

「但，我也已離開舊鎭了。」

「至少，你知道舊鎮曾經有一個叫白鼻狸的警察。」

我挑了一隻。牠三腳跪地，用一隻前腳硬撐著身體的重量。牠的頭部微微扭歪，嘴巴張開，鼻孔張得特別大，好像在喘氣，也好像在嘶叫，牠的鬃毛散亂。我再仔細一看，有一隻後腿已折斷，無力地拖著。

「這一隻，就送給你吧。」他遲疑了一下說。

「爲什麼？」

「我心裏一直怕挑到這一隻。怕來的事，往往來得早。有一天晚上，我夢見玉蘭回來。我已好久沒有夢見過她了。我怕已把她忘了。我看到她，跪在我面前哭著。我也哭了。我一直以爲不再會有眼淚了。但那天晚上，我哭得連枕頭都濕了。早上，我一起來，就決心把所有的工作推開，一心刻著一隻馬。就是你手裏的這一隻。看馬要看眼睛，你看看牠的眼睛吧。」

我先看馬，再看他。他那乾涸無神的眼睛突然濕潤起來。

我趕快把頭轉開，把手裏的馬輕輕地放了回去，拉著賴國霖默默地退出來。

髮

前年，大哥出葬那天，我回下埔仔，又碰到了金池。上一次見到他，是在戰爭末期，已四十一、二年了。

大哥過世的時候，虛歲八十一，金池也有七十了吧。金池和以前一樣，臉色深褐帶紅，以他的年齡而言，臉上皺紋不深，臉頰還算光滑，不過頭髮已有些泛白，也比以前疏落。看他走路，和以前一樣，還是一跛一跛的。以前看他，幾乎都是穿短褲，這一次卻穿長褲了。

「你還記得我嗎？」

「你是金池。」

「這一遍，你叫對了。」

小時候，金池在我心中是個神祕的人物。我聽到他的名字，要比看到他本人的次數多。他是個捕魚的人，在外面的時間，比在家裏長。

那時，我回下埔仔，見到他，總是叫他金池兄，那是跟著侄子侄女他們叫的。大哥大我二十六歲，大侄女還比我大兩歲。那時候，金池已是大人，我聽慣了侄子侄女他們叫他金池兄，也跟著這樣叫他了。

其實，論輩不論歲，金池是低我一輩，只是因爲我年紀小，又過繼給舅父，比較生疏。實際上，他也直接叫我的名字，而不叫我阿叔。

金池家也是種田的。可能是因爲他跛腳，才出去捕魚爲生的吧。以前，我在路上碰到了他，總看到他揹著一個大魚簍，不是要出去捕魚，便是捕魚回來，不然就是正要到市場去賣魚。

在那時候，河川未受到污染，河裏或大池塘裏還有許多魚。如果他是捕魚回來，或是要去市場，那魚簍裏經常裝有一斤多的大白鰻、大鯰魚，和更大的大鯉魚。那麼大的大白鰻和大鯰魚，現在已看不到了。

聽說，在全下埔仔裏，就算金池最會捕魚。每次，我碰到他，就要求他帶我出去捕魚。每次，他都說好，好，卻從未實現過。

有一次，我在後壁溝的路上碰到了他，又要求他帶我去捕魚。

「好吧。」他說，就捲起褲管，走進後壁溝。

後壁溝是屋後的一條小水溝，是灌溉和洗滌兼用的，窄的地方不到三、四尺，寬的地方可能有一丈以上吧，也是洗衫兼水牛泡水的地方。

我只看到他慢慢走到水溝邊緣水草較多的地方，一彎身，一伸手。

「哈哈，抓到了。」

我看到他捉到一條長長的東西，全身不停扭動。那不是鰻，也不是鱔魚。難道是蛇？

「那是什麼？」

「你看。」他上岸來，手裏抓住一條水蛇。

「蛇！」我嚇了一跳。「那不是魚。」

「這比魚難捉呀。你敢抓嗎？」

那一次，他給我非常深刻的印象。

那一次，是放暑假的事。那一年冬天，就發生了那一件全下埔仔最重大的事故。

那一年，我虛歲十三歲，是戰爭結束前一年的冬天。我和往年一樣，一放長假就回到鄉下去。我自小由舅父領養，不過我喜歡鄉下，每逢寒暑假，都要回鄉下住一些日子。

在鄉下，生父雖然還健在，卻是由大哥當家。生父自年輕時，就離家到北部的礦區去當礦工，農田是由大哥租來耕作的。

日本人發動太平洋戰爭，到了末期，物資非常匱乏，但是在鄉下，田自己種，雞鴨自己養，家裏還可以保留一點稻米、番薯或雞鴨。那時候豬是管制物資，豬可以養，卻不能自己宰殺，只是在宰殺的時候，可以分到一點肉和一些豬油。當然也有人私宰。至於雞鴨，卻不受限制，自己完全可以支配，可以自己用，也可以偷偷地拿出去賣，或和別人交換布、糖、鹽或鹹魚一類的物品。

就在我回鄉下的那段日子，大哥所養的大閹雞突然失蹤了。那是農閒時間，雞鴨都是放到田地裏或竹叢下，任其啄食落穗或小蟲。

現在，在台灣已看不到閹雞了。以前，在我小時候，我還看過。有時是一個中年人，騎著一輛破舊的腳踏車，來到了鄉下，間歇性地吹著小笛子，從鄉村的小路經過。他不但會閹雞，也會閹豬。那時候的人認爲，閹過的豬或雞，不會發情，性情溫順，不會爭鬥，專心吃東西，所以長得快，也長得肥，肉多油而香。

農人把一斤以下，準備要閹的小雞抓過來。在稻埕上，閹雞的人把雞按在地上，就在腰側割開一個小洞，用金屬的鉤子把傷口撐開，用一根像鬃毛的線套子，輕輕把兩個小小的睪丸套鉤出來，再把雞放走。就是這麼簡單。至於閹豬，就還要在傷口抹些鍋灰，聽說那是最好的消炎劑。

大哥他們住的地方叫下埔仔，離開城鎮有一個鐘頭的路程，是一個很平靜的農村，所住的雖然不是一個姓，卻也彼此親近熟悉，一般也都依照輩分或年齡，以伯叔或兄弟相稱呼。在這樣的一個地方，是從來沒有丟過東西的。大哥也算是下埔仔的頭人之一，現在竟有人敢偷大哥的雞。更嚴重的是，前些日子，下厝就丟過一隻正在生蛋的小母雞。而且，鄰近還經常失竊一些金錢或其他有價值的東西。

這一次，村子裏再度失竊閹雞之後，就議論紛紛。第一次，下厝失竊小母雞的時候，還有些人認爲可能被野狗咬走。現在，大家都起疑了。

本來，鄉下養閹雞，事前都有一個大概的安排。這批閹雞，都是預備在舊曆過年、正月初九天公生，和正月十五上元節時過節用的。其中最重要的，是過年和正月初九的天公生。天公生一定要用閹雞祭拜。我還記得，小時候，祭拜天公的閹雞還必須留著三、五根長長的尾毛。

那時，日本人禁止台灣人拜偶像。但是，一般人還是偷偷地拜，尤其是鄉下地方。既然有東西失竊，就必定有偷竊的人。下埔仔是一個離開城鎮相當遠的農村，全村子只有一條通往外界的牛車路，平時很少看到外人進出。大家都認爲這一定是內賊。對下埔仔的村民來說，這是一件大事。因爲在這平靜的鄉村裏，從來就沒有發生過這一類的事。而現在，卻一而再的發生了。誰敢保證以後不會再發生？

大哥似已決心要辦這一樁事。大哥的年齡和我相差二十六歲，那年他三十九歲。他第一個懷疑的人，就是麗卿。麗卿就是金池的女人。

「不會錯的。」幾乎全村子裏的人都想到了麗卿。

麗卿是金池由鄰村後竹圍帶回來的。金池以捕魚爲生，平時到處去捕魚。有時，要一個禮拜才回來。聽說麗卿是由街上疏開到後竹圍去的。日本人稱疏散叫疏開。在戰爭末期，戰事對日本極爲不利，日本人爲了減少戰爭的損失，叫人疏開到鄉下。實際上，那時空襲頻仍，許多街市的人都自願搬到鄉下來。

金池在一個叫後竹圍的外村碰到了麗卿這個女人，就把她帶回來。那時是戰時，一切從簡，訂婚、結婚的儀式都省略掉，就是那樣，把一個人帶了回來，成了夫妻。

實際上，那時候男人比較少，能嫁到一個男人就算是不錯的了。

就以我家爲例，那時，二哥被調去菲律賓，三哥去新幾內亞，四哥去「勤勞奉仕」，去修建永遠修建不完的機場，可以說，一些年輕力壯的男人都不在家。金池能留在家裏，大概是因爲跛腳的關係。

大哥叫麗卿來，麗卿矢口否認。但是，大哥還是不肯放鬆。他所持的理由很簡單，麗卿來到下埔仔之前，沒有人丟過東西。但是，自從她來了之後，只要她走過的地方，經常發生失竊。

「妳敢發誓？」

「敢。」

「怎麼說？」

「我有偷，要遭殺頭。」

「不要隨便發重誓。」大哥說。

「我眞的沒有偷。」

「好吧。」大哥從裏面拿了一個畚箕出來，裏面有一把雞毛，還濕濕的。

「這是我在你們家灶裏面的灰槽裏挖出來的。現在妳怎麼說？金池，你也來看看。」

「啪！」金池揮手，刮了麗卿一個巴掌。

麗卿整個身子晃了一下。

「麗卿，妳做的，沒有錯吧！」

麗卿只是低著頭，不敢回答。

「雞肉呢？」金池厲聲問，看來他是眞的不知道了。

「在床底下。」

大家過去。麗卿從床底下的番薯堆裏面，挖出一個小陶甕，裏面還有半甕雞肉。

「爲什麼？」金池大聲問。

「紅嬰仔，沒有奶吃……」麗卿流著眼淚說。

麗卿生孩子，已兩個月了，從月內到現在，只吃過一隻雞。那是戰時。不過，金池說，他曾經留下幾條大白鰻給她吃，大白鰻比雞更滋養。

「阿寶叔。」大哥雖然是老大，卻因爲生父是屘子，金池的父親他們，都比大哥大。

「阿寶叔，這件事，你要替我辦。」

「你自己辦。」

實際上，以前金池也曾經打過麗卿，只是這叫賊性難改吧，麗卿偷竊的習慣一直改不掉。

那是大哥找到雞毛之後的第三天中午，金池突然過來，請大哥過去他們那邊，說他要辦麗卿偷雞的案件。我也跟在後面。

「要殺麗卿了。」

女人很快地聚集過來，低聲相告，遠遠跟在後面。大哥回頭過去，她們也停了一下。這一次，大哥是穿著三寸高的棕木屐過去的。平時，在白天，農村裏的男女農民都打著赤腳。大哥也一樣。他除了過年，去鄰居家打四色牌以外，是很少穿棕木屐的。穿這種高齒的棕木屐，最大的好處，是在下雨天，走泥濘路。大哥個不高，穿著棕木屐，顯得高了不少。

大哥的臉很黑，眼睛和牙齒顯得特別白。

有人說大哥像包公，看來有點怕人。

金池他們的家，是和大哥的家背向背靠在一起的。金池他們是大房，房子在正位上，大哥這邊只是邊廂再分出來的部分。兩家，雖然各有稻埕，各自成一個系統，土地卻是連在一起的。

大房那邊，金池是老三，上面有大哥天送和二哥長庚，都正在大廳裏等著大哥過去。他們兩人，年齡都好像比大哥還大，一看到大哥，都站起來，請大哥坐在中間。

大哥坐在椅條上。他的腳比較短，穿著棕木屐還夠不到地上。他把棕木屐脫下，索性把腳縮上去，盤坐起來。

在大廳裏，中央擺著一個貼案，左邊靠著牆，放著一個白身的八仙桌。是因爲用得過久，油漆已掉落，或者是，鄉下人爲了省錢，本來就沒有油漆過，我不知道。不過，現在已褪色，稜角也已磨損，看來相當汚舊。

八仙桌上方的牆上，掛著一盞小小的煤油燈，煤油燈上面牆上，有一道黑黑的煤油煙薰過的痕跡。

八仙桌靠牆邊站立，沒有靠牆的其他三邊，各放著一個椅條，牆是土塊砌成的，到處可以看到稻草的痕跡。

大哥坐在靠近大廳中央的椅條上。椅條和八仙桌一樣，也是白身。地是泥土地，地面還凹凸不平，也好像沾有雞糞的痕跡，剛剛清掃過。

大廳正面擺著一個貼案。那時，已是戰爭末期，日本大力倡導皇民化運動，貼案上不能放著固有的神像或神器，用日本的神社模型來代替，奉祀天照大神。

那時，一般人民都把神像和香爐放在菜籃裏，收到閣樓上，每逢節日，才偷偷地弄下來敬拜。金池也把菜籃弄下來，裏面放著一個福德正神的牌位。福德正神土地公雖然是小神，對農民卻是最重要的神。那時一般的農民都很貧窮，不要說是家裏，連經常可以看到的大樹下的土地公廟，都不一定有塑像，就是有，也往往是最簡陋的。就是木刻的神像上塗些濃烈的顏色，沒有鑲上珠寶之類的裝飾品。

金池把天照大神暫時挪開，把土地公的牌位放在正位上。

我一個人躲在八仙桌下面。我不知道爲什會躲藏在那裏。可能是整個大廳裏的氣氛不尋常吧，也可能是全廳裏都是大人，我沒有看到另外的小孩在裏面，找不到自己的位子。不過，我雖然年紀小，輩分卻高，只要大哥沒有說話，應該是不會有人來趕我的。只是，我當時，對這一點也不很清楚。

我一個人躲在八仙桌下，眼睛時常轉過去看大哥的棕木屐，一直想把它拿過來當坐墊。只是，我不敢動。在門外，遠遠站著幾個女人。

那時，我看到金池搬出一個木砧，放在大廳中央。我覺得，氣氛更加緊張起來了。

那是一個直徑一尺多的木砧，是普通鄉下人用來剁豬菜的，中間因爲長年剁切，已凹了下去。在大砧上面，還放著一把磨得發亮的剁豬菜用的菜刀。

金池還拿出一個長方形的湯盤。湯盤，本來是用來端大碗湯用的。不過，在七月的普渡，也會放些三牲，也有人用它來放豬頭。

「阿寶叔。」天送和長庚兄弟倆，略微靠近大哥。「怎麼辦？」

「先看看金池他怎麼辦。」

「阿寶叔，現在我要自己來辦麗卿的案件。」金池說，進去帶麗卿出來。

麗卿穿著一件陳舊的藍白格上衣，和同樣布料的燈籠褲。

麗卿一看大廳裏有那麼多的人，而且都是長輩，不禁猶豫了一下，正想轉身再進去。

「出來，那是妳自己說的。」

「金池，你眞的要殺我？」大概麗卿已看到了地上的木砧和菜刀。

「妳怕，怕就不要做。」金池說，用力拉了她一下。

「我，我要餵紅嬰仔。沒有奶，紅嬰仔……」麗卿喃喃地說，聲音有點顫抖。

「沒有奶，就可以偷？」

「眞的，沒有奶，紅嬰仔會餓死掉。」

「跪下去！」金池令麗卿在土地公的牌位前面跪下。那時，因爲戰爭的關係，日本人不鼓勵婦女燙頭髮，麗卿把頭髮束在後面，紮成兩條辮子，再用大夾子夾住。

「土地公在上，我們李家搬到下埔仔來，已快六十年了，從來就沒有人偷過東西。現在，不肖查某人麗卿做了這種事，使李家大見笑。現在，弟子李金池要親自來辦理這件事。」金池點了三根香，站著拜了三拜，而後又跪下去拜了三拜。

「妳也拜三下。」

然後，他又帶麗卿移到左邊奉祀公媽的牌位前面。那牌位有一尺多高，是神桌上，不，是全大廳裏，漆得最明亮的物品，而且外面還罩著一個玻璃罩，上面密密麻麻地寫著歷代祖公祖媽的名字。

「跪下去！」

在公媽牌位前面也拜過，金池就把麗卿帶到大哥面前。

「阿寶叔，我不敢了。請饒情我，我實在不敢了。」麗卿說，篤地跪在大哥面前，已是滿臉淚痕了。

大哥依然沒有說話。

「這種話，不知妳已說過多次了。」金池說。

「阿寶叔。」天送和長庚兩兄弟，又靠近大哥身邊。

「看他一下。」

金池把麗卿扳過來，令她趴在地上，側著頭，把頭擱在木砧上。

「金池，我很害怕，不要殺我，不要殺我好嗎？」

聽說，麗卿是下埔仔最漂亮的女人。她是否漂亮，我不知道。不過，她的皮膚很白。在鄉下，是很不可能看到這種皮膚的。我看她的臉側著擱在木砧上，不停地抽動，臉色顯得更加慘白。

「阿寶叔。」天送和長庚又拉了大哥的手。他們年齡都比大哥大，個子也比大哥高。大哥眼睛眨了一下，好像在深思，卻依然一語不發。

「我，我不要死。」麗卿的一邊臉頰緊貼在木砧上，嘴巴不停地呢喃著。她的聲音很細，臉色白得像紙一樣。她的嘴唇已發青，不停地抖動著，頭額上已冒著許多汗粒。

「我不要死！我死了紅嬰仔怎麼辦？」

金池也不理會她，一手緊抓住她的辮子，另外一手高高舉起菜刀。

那時，大哥的身子好像動了一下。我不知道，他是不是想制止。不過，金池的手很快地揮下。

「剁！」一聲清脆的聲音，菜刀剁了下去。

「哎喲！」麗卿叫了一聲。

金池的手，抓著兩把剁斷的頭髮，夾子還在上面。

「——吁。」天送和長庚都舒了一口氣，我看到每個人的表情都鬆下來了。

麗卿並沒有死，人已昏過去了。金池輕拍著她的臉頰，把她叫醒，像問犯過錯的小孩一般問她。

「以後，妳還敢做這種事？」金池說，把斬斷的髮束放在湯盤上。麗卿辮子斬掉以後，所有的頭髮都散開，像是小女學生的頭。

「不敢了。」

「眞的不敢了？」

「不敢了。」

「阿寶叔。」金池還蹲在木砧前。

「好了。好了。」

「阿寶叔。」

「夠了。」

金池再輕拍著麗卿的臉頰，等她平靜下來。他把麗卿扶了起來。麗卿卻還坐在地上。地上已濕了一片。開始，我以爲那是血，後來聽他們說才知道麗卿已嚇得連尿水都洩出來了。

我回頭看看大哥。大哥的身子略微往下一滑，把腳伸入棕木屐，離開椅條站了起來。我也跟著出來。在回家路上，大哥連一句話也沒有說。他只是略微低著頭走著，步伐也比來的時候緩慢多了。

那天晚上八點多，天送和長庚來看大哥，說金池他們想搬出去。

「要搬到哪裏？」

「先搬回後竹圍。」

「非搬不可？」

「金池很堅持。」

「也好。」

我一聽大哥並沒有反對，就跑到後壁溝那邊等著。那是通往外界的唯一一條路。那是冬天，天暗得很快，月亮還沒有出來。

我一個人站在路上等著。外邊有點風，風吹著竹叢，黝黑的竹子，發出輕輕的，咿呀呀的聲音，搖曳著。風很冷。

我還記得金池抓水蛇的場面。還有，他也是曾經答應帶我出去捕魚的唯一一個大人。

我一個人在溝邊等了將近二十分鐘。金池帶著麗卿出來了。沒有一個人送他們。是因爲天氣太冷，還是因爲天色太暗？

我看得出來，麗卿仍然穿著燈籠褲，卻不是中午的那一件。她背上揹著剛出生不久的嬰兒，臂上挽著一個包袱。金池挑著一個擔子，一頭是抓魚的工具，另一頭也是一個包袱，不過大了一點。這就是他們的全部了？

他們都沒有穿鞋子。那時，在鄉下，一般人都打赤腳。我也是。

金池的腳，還是一跛一跛的。不過，他的步伐還是很穩健。我記得他的腳盤寬大而厚實。那是走路走出來的吧。

麗卿在後面跟著，也是一跛一跛的。我也感覺得出來路是不平的，時常有尖利的石頭或曬乾的泥巴刺痛腳底。

麗卿有點跟不上，金池就停下來。有時用手擱在她的肩膀上，有時小聲問她能不能走下去。看著他，我實在無法想像中午的那個男人。

他們兩人已走了一段路。我還是在後面跟著。當時，我不太了解我爲什麼一直跟著。對我來說，金池是一個很特殊的人物。或許，我已有一種預感，很久很久，我不能再見到他們了。

實際上，自那次以後，我就沒有再看過他們。

「你回去。再過去，頂厝那邊有狗。」

「那些狗很兇？」

「嗯，很兇。」

我停下來，不敢再跟。我站在路中央目送著他們。金池走路的樣子，還是一跛一跛。

麗卿走路的樣子也有點相似。看那樣子，我有一種奇怪的感覺。

天很暗，一條依稀可辨的牛車路，一直通往黑暗中。

就在那時，天空中忽然射出一條探照燈的燈光。然後，又有兩條三條。探照燈，時東時西，時高時低，在天空中逡巡著。有時照到雲，就呈現出一個圓形或橢圓形的白光。那些探照燈，時明時滅，有時分開，有時合而爲一，交叉在一起。我從未看過，它們照到敵人的飛機。

我曾經聽大人說，敵機一來，他們就躲起來了。

「眞的嗎？」我在心中問著。

我一邊想，一邊看著金池他們，一直到即使依賴著探照燈的光，也無法再看到他們的蹤影。

眞想不到，事隔四十一、二年，我在大哥的葬禮上，再碰到了金池，也再想起了這一件往事。

「你一個人回來？」

「一個人。你不知道麗卿已經死了？死了四十多年了。」

「呃。」

其實，我早已知道麗卿的死。我問的是他的小孩，麗卿留下來的那個小孩，現在也應該四十多了。金池所想的既然是麗卿，我也不必去澄清。

金池他們搬去後竹圍之後不久，那時戰爭還在打，有一天晚上，麗卿跑到田裏去偷摘高麗菜，被農人發現。

其實，首先發現她的是農人的狗。狗吠了幾聲，就衝出來了。一般的講，農家養的狗，發現什麼異狀，多半留在農家附近遠遠的吠，狗會追過來，可能有人在嗾使，或跟著人行動。

麗卿起身，沿著水圳跑，那是灌溉用的水圳，寬有三丈多。這時爲準備春耕，水圳已注了水。

麗卿本來就會游泳，狗爬式的那種。既然有狗追出來，她是逃不掉的。她偷偷地溜進水裏，在水圳邊慢慢移動。

「汪，汪。」狗已追到。

「死賊仔補，跑到哪裏去了？」人也來了。

「這次，已是第三次了，不能讓他跑掉。」

「讓我抓到，打死他。」

「汪，汪。哼，哼。」

狗就在頂上，吠聲變成了哼聲，可能是用鼻子在聞著。麗卿一動不動，把臉緊貼在岸壁。

一般灌溉用的水圳，在冬天農閒期，都要放乾水來檢修，順便把岸壁上的水草清除掉。

人和狗就在頭頂上，她盡量把頭放低，貼在岸牆上。水相當的深，她不怕。水太冷，她卻無法忍受。

「奇怪。」

「會不會在水裏？」

上面至少有兩個人，他們如果不走，她一定會凍死的。

「找到了，在這裏。」有人喊了一聲。

「在這裏，是女人。」

「救我。」

農人放下扁擔，讓她抓。她全身發抖，勉強抓住扁擔。

「打死她。」

「打斷她的腿。」

「哼……」她也看到那隻狗兩顆發著青光的眼睛。

兩個年輕人揮起扁擔，看來年紀都還不到二十歲。

「不要打我。」她跪下去。實際上，她的腿也已凍軟了。

「等一下。」一個年紀比較大的說。「她不是金池的查某人嗎？」

農人並沒有打她，卻把她帶回她家裏。

在回家的路上，麗卿一路打著噴嚏。隨即，她患了重感冒，變成急性肺炎。那時，肺炎還是相當棘手的病，不到半個月，麗卿因爲肺炎死掉了。

麗卿死掉之後，金池又搬家，這次，他搬得更遠了。現在，麗卿雖然已死掉四十多年，金池卻一直沒有再娶。

「這個查某人，這個查某人。」金池喃喃地說。

我看到金池的眼睛已經紅了。

姨太太生活的一天

我非常驚愕，妳的來信竟充滿著輕視和侮蔑，說我完全墮落了，把人的自尊踩在腳底下。妳說就是每天吃番薯籤，也不願意做人家的姨太太。我費了好大的氣力，才算勉強懂了妳的意思。妳不要把吃番薯籤說得那麼容易，這正證明妳根本沒吃過番薯籤，一點也不知番薯籤的滋味。至於我，我是吃過的。那種番薯籤人家已抽去了澱粉，用太陽把它曬乾，番薯的味道已很稀薄，不在不得已的時候，是不容易下口的。我覺得我們一點也沒有那種義務，把一輩子吃番薯籤看成一件樂事。

也許，我說話的語氣重了些，這只是因爲我拙於辭令，並且急於想爲自己辯護，實際上，我一點也沒有想要和妳爭執。誰願意爲了這種小事情而發生不愉快呢！我可以坦白的告訴妳，我只有一個願望，希望和妳解釋一番之後，我們還是和以前一樣是好朋友。

當然，姨太太並不是中國的土產，妳在戶籍上也永遠看不出這三個字的奧妙。這並不是說我已完全同意妳的看法，想完全否定姨太太的存在價值。

每個地方有每個地方的生活方式，每個角落有每個角落的行樂的手段。人生是短暫的，快樂是珍貴的，不知有過多少聰明的哲學家，曾經傷透了腦筋，說出了多少大道理，想替人類安排一種最理想的生活方式，但都沒有中國所說「及時行樂」這四個字來得實際和簡便。

妳也許要懷疑中國人的聰明，但妳錯了。妳知道，中國人既然會發明火藥，把四個現成的字拚在一起，只算是雕蟲小技。及時行樂是另一種指南針，王侯公卿了解這句話，販夫走卒也懂得它。只要妳能尊敬它，它就會接近妳，完全合乎妳的身分，完全符合妳的要求。

一天的開始，是愉快的。太陽帶著萬丈光芒，從東方的地平線上直衝上來。這象徵著愉快的開始，而愉快的開始象徵著愉快的結束。當然，妳不必急於想著結束，因為我們才開始。

太陽光線從玻璃窗射了進來，照在他身上。完全是那麼一回事。我不必替妳介紹，我既然是姨太太，妳就自然知道他的身分。他的一切作為，完全符合他的身分。他躺在床上，躺在我的身邊，倦倦地。那顏色不勻整的皮膚，那鬆弛下垂的肚皮，一點也看不出威儀。妳會說，人在快樂的當中，怎還會顧及威儀？這一次，妳完全對了，我很高興，妳已慢慢懂得我的意思，我們之間的距離已經漸漸縮短。我一點也不焦急，這種事總是要慢慢來的。

他的臉背著我，只能看到他的後腦勺，稀稀疏疏長著幾根毛。他的胸部既然朝上，他的臉朝我和背我總是一樣，只是一轉頭的工夫。我把他的頭轉過來，他的頭頂已光禿，但那有什麼關係，也許只因他吃多了一點味寶。他仍睡得很熟，呼吸勻稱，像個嬰孩。已有了一些年事，還能夠熟睡總算是一件好事。我用手指摸著他的頭頂，摸著他的臉，和他的胸部。他的西裝筆挺地掛在衣架上，一條領帶垂得很長。都是外國貨，脫下來的都是外國貨，而在這場合，外國貨也必須脫下來的。把衣服脫光了，每個人不都一樣？我不是狗儒，我只是向妳說一句不關緊要的笑話而已。其實，我何嘗承認每個人都一樣？我現在偏偏不和別人在一起，就是最有力的證據。

我用手指輕擰著他那鬆弛的面頰，他的嘴角微微綻出一絲笑意，那麼和善，那麼親暱。此時此地，他是愜意。他的臉是肥腴的，是油膩的。這可以看出他的皮膚還有很好的新陳代謝。他的臉皮是鬆和的，這一點是由於他常常笑。我不願意看著人家整天愁眉苦臉，更不願看他們怒目瞋眼。他的眼睛慢慢睜開，有點含羞答答，一條細細的縫，慢慢地睜出黑眼球，他的眼珠向我，瞳孔也向我。眼眶四周微微塌進，也許因爲平時戴慣了眼鏡，這時眼睛顯得格外細瞇。他把泰山般的軀體轉動一下，突然伸出巨靈的手，抓住我的肩膀。他把棉被踢開，我的身上一樣沒有外國貨。這並不是說他吝嗇，我那許多外國貨，現在都靜靜地躺在衣櫃裏，掛在衣架上。

既然是這樣，底下的事只好表過不提。人們所要做的事，都是大同小異，而且我們還有一個電檢處，也許我歸錯了管轄，但電檢處畢竟是一個名正言順的機構，此時此地，犧牲一點點快樂，總也不致損害我們的原則。

太陽在天空上忙碌地運轉，時鐘在牆壁上嘀答嘀答，但在快樂的尖峰，時間失卻了意義，沒有必要也沒有辦法正確地估定。不知經過多少時候，車在門外輕輕鳴了兩下。不要緊張，這不是催促，而是報到。報到總算是一種禮貌，也表示一種負責，因爲他還要到裏頭和下女聊天。

過了一會，我們一起起床。我去叫下女準備食物。我們早餐都很簡單，只吃一個雞蛋、一杯牛奶、一點麵包抹上一點牛油。還有最重要的，一杯洋酒。這種洋酒來源如何，我們可以不聞不問，道理很簡單，小孩子也知道，放在桌子上的東西都可以吃。他端起那杯洋酒，一飲而盡，血色慢慢增加，他知道如何保養自己，而最高明的方法，就是用快樂去保養它。

他吃東西吃得很慢，不忙不迫，他有充裕的時間，完全合乎自己的性格，也完全合乎自己的身分。吃了飯之後，我替他點一根香煙，漂亮的紙盒，全印著橫式的文字，然後我自己也點了一根。有人還在大叫大嚷，呼籲戒煙，說什麼吸煙容易導致癌症，我不相信讓他們當了公賣局長，還會這麼小器。他坐了一下，站起來，我親自替他披上上衣，一穿上衣服，整個人都變了。這也不能怪北京人，只該怪時代的不同。他把衣服拉了一下，把我拉過去，吻了一下。他也不忘記這最後的禮節。有人說，這是西洋人的玩藝兒，我不相信。在大庭廣衆下，我不知道，也不必說，但在床第間，我不相信只有西洋人才會生孩子。我跟他走到門口，他叫我不必遠送，他總是這樣體貼，我只好聽他的話，領他的情，站在門檻後向他飛一個香吻。

他慢慢踱到門口，兩腳微微張開，肚子向前凸起。司機已在車邊，開著車門迎候。他是一個好司機，不忘快樂，也不忘責任，從來就沒有使人不愉快過，這完全符合主人的要求，也完全符合他的職業和身分。他又把衣服拉拉，肚皮向前凸出，當他又一轉頭，我立刻向他笑笑，他也笑笑，笑得很甜，很蜜。一個笑勝於一千個語言。

車輕輕滑開，盡量減小聲音，尾巴噓出一點點青煙，也許是剛發動才能看到那一點點的顏色。聽說洋人正在設法和研究，想把那一點點的聲音和煙氣也消滅掉。但，車子不是幽靈，他們沒有中國人聰明，不知聲勢也會給人快樂。

他一走，我完全自由了。能自由是快樂，和他在一起也能快樂。因爲我從來沒有想到和他在一起有什麼不愉快。我再點一支香煙，慢慢吸著。陽光從玻璃窗射進來，我把窗帷拉開，窗外是一片朝氣，有花有樹，而我又喜歡在這城市裏能看到一點田園的氣息。

下女進來，問我什麼時候洗澡。能夠有這樣一個自發自動的下女，也是件樂事。我輕輕地點頭，她就去打掃浴室，我愛清潔，在洗澡之前打掃一次，在洗澡之後，再打掃一次。浴室的設備是全自動的，只需妳自己脫衣服。洗滌妳的身體，也就等於洗滌妳的心。

在這方面，他也很講究，所以不惜在這方面多花一點錢。全自動的設備。他既細心，又想得周到。他知道如何使人快樂。懂得自己快樂，也懂得使人快樂，正如一個擔子的兩邊，要一樣重挑起來可以省力許多。

我從浴缸站起來，滿身輕鬆。在一天的行事裏，除了吃，最快樂的就是洗澡。尤其是有個最方便的浴室，這也怪不得西洋影片，時時加一段入浴出浴的場面。中國人既然也洗澡，中國片當然也可以依樣葫蘆，這只是時間的問題，並不是中國人不夠勇敢、不夠聰明。

這個房間是仿照旅館的設備，把臥房和浴室連在一起。旅館的設計，最主要是考慮到行樂的方便。我的房間就是爲了這而特別設計、特別安排的。我的床也是特別設計的。妳也許要笑，床就是床，還有什麼特別不特別。不過妳要知道，一樣是床，有的值一千元，有的卻要值上一萬元，這裏面是大有學問的。舉一個比較容易明白的例子，彈簧是個問題，墊子是個問題，木料也是個問題。妳如果睡在一頂軋軋作響的床上，總不會舒服吧？

下女已換好床單，我躺在床上，舒展四肢，舒舒服服，一點聲音、一點重量都沒有，好像在水中輕漂，又好像在白雲上浮遊，既有詩意，也有情調。我把四周打量一番，雖然我每天都在看著，那些輕緲的紗帷，華麗的吊燈。這整個房間，每一寸天花板，每一寸地板，每一寸牆壁都有鈔票的影子。我勸告妳，不要隨便輕視鈔票，妳要尊敬它。他教我如何尊敬它，雖然他一句話也沒說，但我知道，我知道應該如何地敬重它。他甚至於一句話也沒有說，有一個人，另外的一個人，突然來找我，問我要不要一座洋房，四周有花園，目前差不多值上三、四十萬。這個數目，妳如當女工，剛好做一輩子，就是當銀行的女職員，也不折不扣要幹半輩子，何苦來，只要妳點點頭，這就是妳的了，難道妳連點頭也不會？我當然會點頭，每一個人當然都會點頭，我的父母親當然也會點頭了，他們都說眞想不到，眞想不到，又感激，又興奮，簡直比我考上大學還要高興十倍。點一個頭，多麼簡單，而且，連一個人也沒有傷害到，也沒使任何一個人感到不愉快。

只要點點頭，只要和他一起。他的要求很簡單，他只要求妳知道自己是一個女人，一個漂亮的女人。他所要求的，絕不會超過一個普通女人平常要做的事。起初他來得較勤，目前一個禮拜只來一次，除了這，我完全自由。他來，我感到幸福，他不來，我感到自由。自由和幸福，是屬於同一個系列的，是做人的條件。我躺在床上想著，想著。「想」是多麼嚴重的事，其實，只需看看畫報，看看漫畫，有時也看看小說，多愜意，愜意到時間從妳身邊溜過的時候，妳都不想攔阻它。

我伸手到床頭小几，那本小說已不在。它是一位女作家寫的，她的小說妳也許已看過不少了。我也看過不少，我覺得這是爲我而寫的，都使我很感動。我微撐起身體，看見書已掉到地板上。我們的地板很乾淨，就是洗好了澡也可以在那裏打滾。我要告訴那位女士，我把書掉在地板上是無意的，也許是因爲我太喜歡看，看得太久太累，不小心把它掉落在地板上。有人說她的小說是文藝，有人偏說不是，攻擊她。我不贊成任何一邊，我只要有小說看，只要我喜歡看的小說，我就可以看到天亮，所以才把小說掉在地上，這一點，我應該感謝那位女士，也應該向她道歉。

電話突然響起，有了電話，人與人之間的距離無形縮短，並且在床上一伸手，就能夠充分享受這文明，這就是文明的特徵，也就是文明的好處。「喂！」「喂！」一呼一應，準是他，也不必互通姓名。「妳很快樂嗎？」「喂，你呢？」他也很快樂。他最明白快樂與否，也能區別它的程度。快樂和很快樂是不同的。眞正文明的人，才會品味出輕微的差別。剛才電話一響，我就知道是他。他的聲音裏充滿著愉快和感激。「妳要什麼東西，妳自己去挑好了。」他總是這樣，完全是自動的，妳就是打著燈籠出去挑，也不一定能挑到這種先生。金錢是身外物，對的，但金錢能在妳身上增加些什麼，就發揮了它的功能。

「你中午不陪我吃飯？」我問他。「不，現在我就要主持一個會議，中午我要請他們吃飯。」聽說地位越高的人越喜歡開會，因爲地位越高越能領略開會的樂趣。在公司裏，在銀行裏，他都是數一數二的人物，我自然應該明瞭並且尊敬這種好處。而他也時常會利用一二，有時竟也犧牲和我的約會。像這種場合，他當然也很抱歉，但我還是不願妨害到他的公務。我告訴他，我一個人也能快樂。也許，妳以爲我怕和老頭子上街，故意說一個人也能快樂，如果妳心裏有這種思想，妳就錯了。我一點也不在乎，而且他又是一位體體面面的紳士，能和他一起，甚至於挽著手，也是榮幸，而不是羞恥。

我們談的並不多，但這也沒有關係。既然我的床上有電話，而他的辦公桌上也有，只要一方忽然想起什麼，就可以隨時撥出一個號碼，它就會把聲音帶到妳的身邊，好像兩個人坐在一起，還拉著手呢。他打電話來，純然是爲了要向我表示感激。這是多餘的，就正因爲這樣，妳就知道他有多麼善良。他又問我要什麼東西，我說還沒有想到，他說如果想到了，不必猶豫馬上打電話給他。我說一定會的，他就說會議就要開始了，是不是可以把電話掛斷。

掛好電話，我又躺到床上，舒展四肢，想想今天要做的事。有人說做什麼事都必須要有計畫，要依計畫，不管是做重要或不重要的事。我卻不這樣想，有了計畫就有了拘束，有了拘束就減少快樂。一個女人，一天要做的事，總不外打牌、看電影、吃館子，還有買些妳所喜歡的東西。只要順水推舟，自己高興做什麼就做什麼，不要勉強。如果妳事事依著計畫，妳就必須做許多不愉快的事。現在妳以為是快樂的事，等一下就不一定是這樣了。

也許聽我開口快樂，閉口快樂，聽得夠膩煩，但如果妳能仔細地想一想，我們活在世上，到底爲著些什麼，妳就會慢慢地了解我。其實，我們也不必故意逃避快樂，完全沒有這個必要，因爲我們沒有見過爲了快樂而嘆息。

不久，門鈴響了，下女進來告訴我有人找我。我叫她請他們在客廳裏稍等，匆匆打扮了一下。這是一門遠房親戚，我已算不清輩分。她一看我，立刻站起來，叫她的兒子喊我阿姨，自己也阿姨長阿姨短的叫著。當初，我要到這裏來，他們可能也在背後議論過我，我不能確實知道。沒有最好，如果有，我也不願記掛，她既然肯來，就承認目前已沒有什麼成見，我也不必那麼固執。

隨著，她滿口稱讚我的房子，我的家具和我的衣著。她說，就是做夢也不會想到這上面來。然後，她又告訴我找了好久，碰到好多下女的釘子，好不容易找到這裏來。我問他們要喝咖啡或牛奶，他們卻一直推辭不敢說。她告訴我她的兒子今年初中畢業，沒有升學，初中畢業什麼事也幹不了，如果姨丈那邊有缺，就是工友也沒有關係，請阿姨幫幫忙。

我告訴她，他們公司或銀行的事，我一概不聞不問，她既然從那麼遠特地來看我，我就向他說說看，不過不知道有沒有辦法。聽了這話，她就說我一定有辦法，並且叫她的兒子向我叩頭道謝，就向我告辭。我送他們出來，他們一邊說我心地好，一方面又不停地叫著阿姨。到外頭，我本來要叫三輪車送他們，但外頭已有一輛在等著，大概是他們坐來的，我就問了價錢，替他們付了。他們一再推辭，也一再道謝。這實在也算不了什麼，自己有能力，而他們總也算一門親戚。

送走了客人，時間已經不早，就到梳妝台前準備化妝。那些化妝品全是舶來品，起碼也是日本貨，只須多花一點點的錢，就不必擔心有什麼不良的結果。他說，我這張臉，在一萬張裏也不容易找出一、兩張，用中國貨化妝，傷害了臉豈不可惜。傷害了臉可惜，花錢就不再可惜了。當然，我知道他會賺錢。雖然我不知道他如何賺錢，女人才不必管這些呢。有了銀行，又有幾家大公司，不賺錢才是怪事呢！

這件事，我當然管不著，但如妳知道他最近修建一幢洋房，裏邊有冷氣設備，地上舖著地毯，一盞吊燈就值三萬多塊，妳就會明白讓我用點舶來品，也不至要嘆氣了。他住洋房，和我用舶來品，一樣可說完全合乎身分，完全在自己的能力以內。像我這種人，正是他物色的對象，在一萬個裏只能找到一、兩個，而他這種男人，也是一萬個裏才能找出一兩個，所以我們能在一起也是自然的。

妳說我好花插牛屎，這妳又錯了。妳說我是好花，我不敢當，但妳說他是牛屎，卻有些離了譜。也許不認識他，妳才有這種錯誤的觀念。他受過很好的教育，在他們那一代，這方面他是毫無遺憾的。他所受的教育可以使他變成一個十足的紳士。無論是坐小汽車，是坐辦公室，他總有十足的派頭。至於我，就說他每個月可以賺一、兩萬塊吧，我一個月用他幾千塊錢，也是他能力以內的事，完全傷害不到誰的感情。

電話又響了。有電話也有許多不方便。深夜，妳睡得正濃，突然電話大響，妳從夢中驚醒，提起電話一聽，原來是撥錯了號碼，而且這種情形時常發生。這是文明的產物，文明如果增加了不便，這種不便是應該加倍計算的。我把這種情形告訴他，他卻想起了一個好辦法，把電話登記了一個男人的名字，說以後打錯了電話的人就少了。但我仍是不放心，他就說設一個分機，把分機設在下女的房間，下女也願意，所以撥到這邊的，就一定是找我的了。能裝一個電話，就有能力裝一個分機。妳看他把這事情處理得多好，多乾淨俐落。他並不是牛屎。

果然不出我所料，又是三缺一了。我有電話，而她們又喜歡我，一碰到三缺一，就撥我的號碼。開始，我並不會打，這妳是知道得很清楚的。但這並不是如妳所說的我自甘墮落。向來，我就不把打牌看成那麼嚴重。就是我不會打的時候也是如此。大家閒著無事，談天之際，打它四圈八圈，也不算什麼大不了。這比看小說更容易打發時間。時間太多是件苦事，時間太少又何嘗不如此。妳會打牌，這件事自然而然迎刃而解了。我，或者和我一樣，有多餘時間而打發不了，對發明這玩藝兒的人，是很感激的。

而且，打牌還有一種好處，這種好處，是登山遠足、泡海水浴所沒有的。世界上沒有什麼東西能比太陽光加上氧氣，更能破壞女人的皮膚。女人和男人不一樣，都有保護皮膚的義務。女人這種天性，是一舉兩得的，可以爲自己，也可以爲男人。

我說要上美容院，而她們卻堅持三缺一。其實，上美容院，和上方城是一樣的，是二而爲一，也是一而爲二。她們既然堅持，就只好把上美容院的事移到下午。她們說，我自己會打扮，又打扮得那麼好，何必天天上美容院，多花好多錢。

我回答她們馬上來，但仍好好的打扮一番。就是去打牌，也和去參加宴會一樣，對打扮的事絕不能馬虎。另一面我又按鈴叫下女傳三輪車伕準備。他已對我說過幾次，說政府就要廢除三輪車，要我能幫他找職業，他說他有六個孩子。失業的事，我自己也曾經遭遇過，我知道一點滋味，至於六個孩子的事，我倒沒有切實的感覺。目前，我還沒有孩子，也不希望有。他已跟了我，這種事我總不能袖手旁觀，我就答應他繼續住下去，幫助打掃庭院，或其他雜事。說得清楚一點，就是不要再踩三輪車，其他都一樣。他很感激我，一個人能受人家感激，總比叫人抱怨好。

電話又響了，我知道她們已等得不耐煩了。女人等打牌，比男人等女人生孩子還要焦急。我說馬上去，就叫來下女吩咐了一些事，告訴她不回來吃飯，叫她把門戶看好，如果要出去，要和車伕輪流，不要兩個人一起出去，然後拿了菜錢給她。

我一進門，她們已嚴陣以待，看了我就立刻發牌，她們都笑著埋怨我，說我有三輪車，又有電話，卻偏偏姍姍來遲。雖然如此，她們還是歡迎我。我不會計較，不會欠錢，不會翻臉不認帳。但最主要還是我已來了，與其埋怨我，不如早點開戰，這種情形，就是換了我，也一定一樣的。

她們三個人也是姨太太，姨太太和姨太太就容易在一起。也許，他們男人們根本都不認識，我們女人卻很接近。一樣是姨太太，一樣坐在牌桌上，但卻也有許多不同。一個女人的價值，有時往往要取決在她們所接近的男人身上。嫁了姓錢的就是錢太太，嫁了姓金的就是金太太，妳的男人是議長，妳就是議長夫人，妳的男人是縣長，妳便是縣長夫人。沒有什麼比這更呆板，也沒有什麼比這更現實。至於姨太太，除了這以外，還要看那男人能對妳付出多少感情。他沒有錢，就一定不能買車給妳。但他若有錢，卻也不一定就會買。這裏頭就需要學問，妳在選擇的時候，一定要有眼光。從這點看，我覺得自己的選擇是沒有錯的。

當然，這也得看妳的出身如何了。她們三個人裏，有一個是酒家女出身。酒家女、咖啡女郎等等都屬於這一類。平常，她們有兩條出路，一條是嫁給普通的人，一條是做有錢人的姨太太。因爲她們所接近的男人多屬於後一類，妳不能期望一個男人上酒家是爲了物色太太，而且由於她們已往的生活習慣，就是能嫁給這一類的人，也往往無法維持正常的關係。所以說，只要面貌清秀，體態動人，做姨太太是最適當的。

第二個人，據說是受騙而失了身。她受過良好教育，人也長得不錯。學校一畢業，正是最懂得浪漫和感傷的時候，就和人大大方方地談起戀愛了，等一失身才知道人家已有太太在家。碰到這種變故，她已不再講究浪漫和感傷了，擺在面前的是一條最現實的路。幸而對方有錢，也有辦法安頓她，這總比再隨便嫁人方便得多。

最後一個和我一樣，是我們自己願意的，自己選擇，也是我們自己決定的。什麼都是現成的，什麼都是看得到的，已有了這，誰會故意去選擇不幸和痛苦？妳說我爲什麼連最起碼的自尊心也沒有了。我不願相信一個自願向不幸低頭的人，會有更多的自尊心。而且這事，完全是人家求我的。其實，只要妳算算一個人一生有多久，妳就會明白爲什麼不會故意選擇不幸和痛苦了。老天既給了我們機會，也給了我們眼光，我們最好不要辜負它，而要好好的利用它。我們並不必出賣什麼。男人對於願意奉獻處女的，總會有最大的感激。對男人說，一個女人只能有一次處女。但對一個女人說，這東西並不能放在櫥窗裏，遲早總是要給的，重點是要如何獲取最大的利益。這也是他們在酒家之類的場所，完全無法獲得的。

當然，他們既感激妳，他們自然也會打算的。妳也不必說這是買賣，是代價之類的話。反正他們已懂得感激，妳就會有好處。所以妳要好好的尋找對象，但妳就不能在小公務員中找，也不能在小商人或小職員當中找。他們就是能給妳最高最深的感激，妳所得的好處恐怕也不會太多，就是他們能把整個心，甚至把生命也奉獻出來，怕妳也不能完全滿意。何況他們也不能永久把生命和心全都給妳。我不是物質主義者，但他能給妳多少感情，就要看他能給妳多少金錢，和給妳多少時間。因爲只有這些東西是能夠測量的。

一個禮拜，如能和妳一起三天以上，那表示他把妳看得比太太重要，也表示在妳以外，並沒有其他的人可以使他付出比對妳的更多的感情。在這種情形之下，不管他是公公然然的來，或是偷偷摸摸的來，妳都可以慶幸，因爲他的心目中只有妳一個人。

如果一星期之中，他只能來兩次，妳也不必失望，在他的心目中，妳仍能占相當的分量，只是因爲他有些不得已的事，不能老是來陪著妳。如果他只能來一次，或者少於一次，就表示很可能還有別的女人。

他雖然一個禮拜只來一次，最多也不會超過兩次，但就我和他接觸的直感，我知道他並沒有其他的女人，也不是他受制於太太。他年紀大了可能是一個理由，他注重養生也可能是一個理由。不管他的理由是什麼，他能來我能快樂，他不能來我也能快樂。他一來，我盡量使他快樂，他就感激，就會相對地使我快樂。他不來，我就自己尋找快樂的方法。這一點，他對我都沒有什麼苛求，而且只要誰高興，也可以打電話互相問候問候。

就因爲他不能常來，在消磨時間方面，有時他也會替我安排一下，他知道女人喜歡打扮，喜歡吃些奇奇怪怪的東西，所以在這方面，他都能貢獻我一些意見，尤其在吃方面，使我把時間利用得更好。至於打牌，他不但不反對，反而在暗中鼓勵，因爲打牌是用以打發整批的時間最好的方法。只要有四個人，在桌邊一圍，妳可以不管太陽什麼時候上來，也用不著去讚嘆黃昏的美麗。四個人，全神貫注在那一小塊一小塊的工業品上，深深地感受著中國人的智慧。

幸運地，妳贏了，妳不必得意，就是輸了，也無傷大雅。妳不必增進妳的技術，也不必埋怨運氣不佳。妳可以默默地玩，也可以一邊玩一邊叫。妳可以不必關心男人們的世界，就是女人也好像和妳們遠隔了。孩子們在妳身邊哭叫，妳也可以暫時不必理會。這也是一種令人神往的境界。

有人加入，所以在四圈過後，我就起立讓位，看看手錶，已十二點多了。這倒不是因爲打牌減少我的快樂，而卻是我突然想要到城裏。反正有一個人不能打，我倒也願意讓出來，但她們還是拉我，堅持我打，我就笑著告訴她們，要她們好好準備，有一天我要和她們拚個七十二小時。以前，我的紀錄是四十八小時，覺得游刃有餘。

原來是這樣，他告訴我，昨天中午吃了一道很新鮮的海鮮，要我也能夠去嚐嚐。每次，他吃到什麼佳味，總要告訴我，或者帶我去。吃是一種生活的藝術，世界上最講究這種藝術的是中國人。中國菜是世界最著名的，這是有口皆碑的。在幸福的正中央，往往不會感激幸福，我也嚐過不少外國菜，但仍覺得沒有一國的會好過中國的，這倒也不必到外國才能知道。住在中國，每個人都能明白中國菜的好處，這是中國菜的偉大處，也不虧中國人把許多智慧用在這上面。

我叫了一部車，不久到了他所說的那個餐館，裏邊還有冷氣設備。常常聽人家說，住洋房、娶日本太太這一點，至少這是爲男士們所訂的理想。但現在時代已經變了，這個理想也可以修改一下，使可以用在女人身上。

關於中國菜，有許多外國人說它太油、太多。從吃這方面講，外國人還是相當外行，也許他們怕發胖。這倒也滑稽，還虧他們發明了很多減肥的藥，自己發明的東西，自己還不會充分利用。我就不明瞭，一個人的嘴在享受的時候，居然會想到身體其他的部分去。妳知不知道西洋人不吃內臟，說它髒，也不吃鯽魚、鯉魚，說牠們是吃泥巴長大的。

其實，只要不是毒藥，就可以吃。河豚、毒蛇不是都有人吃嗎？而且還是名貴的菜呢，還有那大名鼎鼎的龍骨。在西洋人，這可能是笑話，但實際上，他們有許多很好的東西不吃，才是笑話呢。

吃飯的時間是最好的片刻，也是最珍貴的片刻。記得小時候，常常聽老人家說，吃飯皇帝大，這時候，大人不能打孩子，孩子也不能讓大人打。所以，妳最能感到生的喜悅和幸福。我走出了飯館，午後的太陽特別灼熱，爲了使那快樂的片刻延長，也爲了使那熱氣消失，我走進一家咖啡店。我一邊看著報紙，一邊輕呷著咖啡。讓那濃色的液體慢慢的浸沁著妳的血管，並且振奮妳的精神。桌上放著一份晚報，我拿起來，從社會版看到電影廣告版。妳不看報紙，妳就會覺得落伍，報紙會讓妳跟上文明，也會給妳許多談話的資料。

在看報紙之間，我注意到有一個男人正盯著我看。我用眼角瞟著他，他長得並不英俊，像這情形，我一天不知要碰到多少次。他看妳，妳不必理他；只知道有人盯著妳看就好了。有人看著妳，妳可以高興，只是不要隨便把高興表露出來。

我看看手錶，已兩點半，戴上太陽鏡站了起來。電影已開始了，雖然是日場，人倒也不少。黃牛四出活動，能有黃牛倒也有所方便，至少在這種大熱天就不必擠在人堆裏冒汗，也不必怕有人故意擠妳、踩妳的腳，或者把頭髮也碰亂了。如不得已，實在也沒有人想幹黃牛這一行吧？他們是爲了生活，我們是爲了減少受罪，可說兩邊都有好處。

這個片子很長。看那廣告好像不錯，但電影卻使人有種冗長的感覺。不知不覺，我竟睡了。在電影院裏就有這個好處，要看也好，能睡也不錯。能看就能娛樂，能睡就能休憩。我醒來，再看了一段，已接不下去了，下一次再看吧。女服務生替我開了門，還匆匆地白了我一眼。她一定不會知道，像我這種觀衆，總不至於讓戲院賠錢吧？

出了電影院，我直接到美容院。本來，我打算看完了電影再去的，但早點去反而好一點，以後的事就可以從容一下。美容院的人，由老闆娘以下，全都笑臉迎我，給我熱烈的招待。老闆娘立刻捧出一大堆，法國的、美國的、日本的，美髮的書刊，和我討論。愛美是人的天性，尤其是女孩子。夏天到了，她們高興可以把胸口放下，冬天到了，就高興有華貴的大衣。妳沒見過那些在路上、在車站求乞的可憐的小女孩子，一有空還常常到玻璃櫥窗前面，照照自己的尊容？所以有辦法的人，誰不希望脖子上捲有一隻狐狸呢？

女人喜歡穿著不一樣的衣服，希望每天穿的不同，更希望有晨服、午服和晚服之分。不僅是衣服，髮型、指甲，還有其他的耳環、戒指、項鍊等等的裝飾。既然妳的臉和身材不會變，在身外的東西求變化也是自然合理的。人不能太呆板，有新的打扮，才能有新的氣氛，才能有新的心情。誰願老是看到妳一個樣子，誰願意老是讓人家看到一個樣子？

美容院的老闆和女美容師都向我大獻殷勤。來多了，小費給多了，她們不得不如此，她們既然如此，我也不能不常來，不能不多給小費。這是人之常情，無可厚非。

我端坐在椅子上，美容師的眼睛凝視著妳的頭髮，手指輕捷地動著，而另一個人卻在替我修指甲，搽指甲油。我突然想起，想把指甲的顏色也改一下，就從提包裏拿出一只珊瑚戒指，告訴她們我所需要的顏色。她們立刻答應，把原來已經塗上去的顏色再洗滌乾淨。妳也許會覺得奇怪，只在這一下子就變得那麼快。實際上，這也不必大驚小怪。一個女人，應該隨時注意自己的儀態，妳覺得有什麼不對，就應該立刻改正過來，要打扮得恰到好處，不必過分，也不必省儉。

出了美容院，看看錶，只五點多，還有一點時間，就隨便到街上晃一下，看看委託行、珠寶商和百貨店。

委託行有許多舶來貨。我不是那種人，說外國的東西就一定比中國的好，但我確是用慣了外國貨，不用外國貨，總覺得不自在，在委託行裏，也有許多魚目混珠、把國貨拿來冒充的，這妳就要小心了，到了那種地方，妳要大方，絕不能貪小便宜。

女店員看我在櫥窗前面站著，立刻迎了出來。我們都已很熟。她告訴我又來了些新的貨品，請我進去看看。「這是法國貨。」法國香水是世界上最有名的。我看了牌子，聞聞看，是眞貨。「不過，這東西我還有。」「這東西不常有，買下了一定不會吃虧。」「好吧。」反正用得著，放著錢，不如放著東西，而且，放著錢還不是爲了買東西，有時，卻有錢而買不到東西呢。何況這又是名貴的法國貨！

看了委託行，就順便看看百貨店和珠寶店。每個櫥窗都整整齊齊地擺著許多妳喜歡看的東西。妳的提包裝著些鈔票，也不必問那些鈔票是經過什麼途徑來到妳的手裏，妳看到那些輝煌閃爍的貨品，就不必驚心怵目，妳只需把錢拿出來，把東西放進去，也不必過問那些錢離開了妳的手，將如何輾轉出去。這是件樂事，這時，時間對妳也不會再是一種負擔，而是一種享受，妳只是留戀，而沒有徘徊。我曾經嚮往著這個片刻，而「求仁得仁」，還有什麼苛求呢？

正是萬家燈火的時刻，街上也是輝煌閃爍的，熙熙攘攘的男女，都穿得整整齊齊，你看我，我看你。如碰到有人多瞟妳一眼，不管是老人家，也不管是小伙子，妳也不必心跳，妳的確值得人家多照顧幾眼。這時候，妳就會體會到一個人自由自在，的確是有許多樂處。

雖然妳明白一個人有一個人的好處，但同時妳也會明白兩個人有兩個人的好處，而這種好處卻是屬於另外一個範疇。看看時間，快六點了，我知道他還在銀行。他把銀行看做自己的事業，有時還把公事帶回公館裏辦。我打了電話，果然還在。他聽了我的聲音，立刻爽朗起來。我很高興，他能把早上的心情帶到辦公室來，還維持這麼久。「你今天到哪裏？我能陪你嗎？」「妳不要逼我好嗎？」「我不逼你，不過一聽到你的聲音，而見不到你，心就煩。我眞想死，死了乾脆！」我不會死，他也知道我不會死。不過，女人的話總是這樣說。「妳不要死，下次，我到香港，或者到日本，還打算帶妳去呢。」「眞的？一定呀！」銀行是信用第一，我知道他不會亂開空頭支票，就是他不便帶我去，也會想辦法讓我一個人去走走。不到黃河心不死，但要觀光和享受，到日本或者香港也不錯。他說現在只好委屈我一下，但能叫他答應下來，也總算去了一半。

我放下電話筒，再提起來撥出另外一個號碼。「你下班了？」「差不多啦！」「你出來嘛，讓人等死了。」「老頭子呢？」一個老實人，對自己的頂頭上司，在背後也會刻薄的吧？「昨天才來，今天不會了，你如果那麼怕他，還是不要出來好。」他是他公司裏的職員，小職員當然要顧慮大老闆。「不過……」「你來好了，有什麼事情我來擔當！」要快樂，有時是需要一點勇氣的。

他是個大學畢業生，進公司不久，但看來蠻有學問的樣子。有一天，他差他來，只爲了一件小事，而且叫他晚上來。他長得相當高，相當英俊。起初，我猜不出老人家的用意，以爲是差他來試我的。但現在，我已漸漸明白了，他怕我到外面招蜂引蝶，所以想用他來控制我，而他又可以控制他，也就等於間接把我控制了。也許是因爲他年紀大，也許是因爲他是銀行家，精於計算。他只有一個願望，希望我和他在一起時，能溫柔體貼，至於其他，就只要我所作所爲，不違反這個大原則。這方面，年輕人也能勝任，不久，他把他升了，爲了答謝，也爲了更好控制他。

他穿著筆挺的西裝褲，襯衣上還打著領帶，一看見我就露出白而整齊的牙齒笑著。他不抽煙，是個公賣王國的叛徒，這由他的牙齒可以看出來。他一看我，就說今天應該由他請客。他這個人實在單純，我也沒有反駁他。爲什麼一定要在這種小事情上面計較呢？

我帶他到一家餐館，他沒去過。以前，老人家曾經帶我來過，我就帶他來。以前，老人家帶我去過的地方，我一一帶他去經驗一下，從一個人點菜的技術，妳就可以推想到這個人的脾氣，和世故的深淺。我要他點菜，因爲我每次喜歡帶他到不同的地方。看樣子，這次客又是我請定了。

我故意帶他到處轉，一下子吃西餐，一下子吃日本料理，至於中國菜，川菜、粵菜、甚至於蒙古烤肉，我們都嚐過。吃中國菜比較單純，只要把東西放進嘴裏就行了，像吃西餐和日本料理有那許多規矩都是多餘的。他們的菜差，就故意定出這許多規矩來，不外是想掩飾內容的不足。他問，那我爲什麼吃西餐和日本料理，我告訴他，每個人都是這樣，都要換換口味，就算吃慣了大魚大肉，也想吃點蔬菜，點綴點綴胃囊。你總不會說蔬菜比魚肉好吃吧，除了和尚和尼姑們那些違心話。在這方面，他還是相當佩服我的情趣和眼光。

吃了晚飯，他提議去看場電影。我覺得奇怪，晚上有那麼多的節目，他怎麼只想到看電影？妳可以到舞廳，可以到夜總會，也可以到那些大飯店，有那麼多的飯店，而每一家大飯店最長每個星期也換一個節目。我告訴他下午剛剛看過一場，還是不要看，他好像有些失望，但我也管不了這許多。

看電影不行了，他就提議去聽古典音樂，他的趣味仍然很純粹，這是我可以料到的事。古典音樂廳裏，燈光暗淡，剛好讓妳可以看到通路，和附近一對一對男女親暱的情形。我心裏發出一點會意的微笑，他居然也懂得這種享受，一點西洋的音律，加上一點西洋的情調。但他一坐下來，就說這個地方變了，沒有多久，就完全變了，然後深深地嘆了一口氣。

我叫他不要嘆氣，告訴他如果願意，我倒願意讓他請一次客。他好像有點爲難，但也總算勉強坐下來。這一次，我可以試試他的本領了，就一言不發地坐著。侍者在旁邊站著。點東西要緊，這也不能怪他。「要什麼？」「隨便。」他猶豫了一下，然後好像下了決心說：「兩杯檸檬茶加冰。」「檸檬茶加冰。」我一直覺得好笑，但沒有笑出來。

我伸過手去，輕輕地捏住他的，他的手在微微發抖。我們已握過手許多次，而他在握手的時候，卻又在發抖。

我把身子靠過去。我並不想誘他，我只是告訴他，不要這樣拘束。我已知道他願意和我在一起，我也願意和他在一起。我們之間並不需要什麼試探。

那美妙的音律，不停地流進耳朵，但他似乎什麼也沒有聽進去，只是一直望著鄰近，但一看到那一對一對依偎在一起的情侶們，他又不安地把頭轉到別處，但在暗淡的燈光下，妳可以看到的，卻盡是大同小異的景色。他的手抖得更加厲害，慢慢由我的手臂摸索上來。

突然，我把他的手揑住，慢慢地提起來，放到我的胸口。我的心臟也在猛激地跳著。我並不打算廉售，我只是想把那不必要的距離除掉。揑著他的手，我可以感覺到他的手在發抖，我的手也在輕輕發抖，雖然不像他厲害。他的眼睛一直望著我，就是在這微弱的燈光下，也可以看到那熾熱的目光，一直逼視著我。我還是把他的手一直壓在我的胸口，好像要使它們不再發抖，也好像要使它感覺到我的心胸的跳動。

「我們走吧。」他突然站起來，兩杯「檸檬茶加冰」卻連一口也沒有喝。也許他做得對，我們無論要些什麼，都會有一樣的下場吧。

一出大門，外邊的燈光立刻照射過來。他的臉色非常蒼白。我把手伸給他，他把我的手緊緊握住，他的手掌濕濕的，倒也流了不少汗。我們經過了熱鬧的街道，一看了旅社的招牌，他瞟了一眼，又拉我走開了。我們漸漸向燈光較暗的地方走，走到河邊。河邊倒也相當清涼，對岸寥落的燈光倒映在河心，輕輕蕩漾著。

「我們在這裏坐一下。」他的聲音有點異樣。我們已走了相當遠，一直沒有說過話。河堤上也一直沒有什麼人。「還是過去一點吧。」我們又走了一段，這附近已沒有人了，我們才並肩坐了下來。老實說，我穿這種衣服，坐在這草地上是有點可惜的，但也顧不了這許多。

這一下，完全是他在主動，他看我一坐下來，就把我抱著，他抱得很緊，幾乎使我窒息，能窒息也好。他的動作，永遠是不耐煩，永遠是粗蠻的，我並沒有反抗他，因爲我覺得還可以忍受。

「我，我要和妳結婚！」他說。好像在低喃，也好像在吼叫。因爲這只是一瞬間的事，而又是在他無意中衝出口來的。我看看他。

「眞的，我要和妳結婚！」他是認眞的，我覺得好笑。他那認眞的表情，他那唐突的話，都使我覺得非常滑稽，但我只是微微的笑著。「結婚！」「他！」我一直都沒有想過要結婚，我不但沒認眞想過，可說簡直就沒想到這個問題上。而他卻說得那麼突然，又那麼認眞。他是否眞考慮過了？他才出了學校不久，在事業上也才跨了第一步。

「你沒有辦法養我。」

「我會試試！」他要試試，多天眞。一個初出茅廬的小牛。我想告訴他，他一個月的薪水全部，也不夠我花，但我沒有說。

「我會試試看，請妳給我一個機會！」他好像在懇求，也好像在命令，但無論是哪一種，都和我所預料到的離開太遠。

「讓老頭子知道，你就先把職業丟了，你怎麼試？」

「我也不一定要在老頭子那裏，天下之大，堂堂一個男子漢，還怕什麼？」他所說的話，完全在我的字典上找不到的，我忽然覺得窮於應付。我慢慢站了起來，把衣服拉拉，扯平。他一看我站起來，就立刻跟著起來，把我抱住。

「我求妳！」他還是那種話，還是那個樣子。

「請你不要再說這種話，現在我身上所穿著的東西，就夠你幹好幾個月的。」

「那，那妳爲什麼約我？」這一句話，又把我問住了。本來，我想回答他說，因爲你是一個男人，一個漂漂亮亮的男人，你能使我快樂，你也能從我這裏得到快樂。但我沒有說，看他似乎並沒有快樂，我的雄辯好像都在一剎那間消失了。

我把他輕輕推開，他好像也沒有堅持，只是怔怔地望我。

「如果你不反對，我們以後也可以繼續往來。」

「不，今天爲止了。」

「這不是眞的吧？」

「難道會是假的？」

我再看看他，他的話永遠是認眞的。但，他能這麼認眞也好。反正他這種人是一種例外，好像已決心要背負痛苦的十字架，但我才不願意這樣。只要我願意在街上晃半個小時，總也可以碰到好幾個像他這樣漂漂亮亮的男人。我不相信，其中就不會找出一個，既能使我快樂，也能從我這裏獲取快樂的人。

國家圖書館出版品預行編目資料

鄭清文短篇小說選／鄭清文著. -- 初版. --
臺北市：麥田出版：城邦文化發行. 1999〔民 88〕
面； 公分. -- （麥田小說；11）

ISBN 957-708-926-7 (平裝)

857.63 88016176